主编 凌翔

当代作家精品系列 / 散文卷

# 古堡月色

秦汉 著

中国民族文化出版社

北京

**图书在版编目（CIP）数据**

古堡月色 / 秦汉著. — 北京：中国民族文化出版
社有限公司，2019.12
　ISBN 978-7-5122-1303-6

　Ⅰ.①古…　Ⅱ.①秦…　Ⅲ.①散文集—中国—当代
Ⅳ.①I267

中国版本图书馆CIP数据核字（2019）第284198号

书　　名：古堡月色
作　　者：秦　汉
责　　编：张　宇　牟　玉
出　　版：中国民族文化出版社
地　　址：北京东城区和平里北街14号（100013）
发　　行：010-64211754　84250639
印　　刷：唐山楠萍印务有限公司
开　　本：710mm×1000mm　1/16
印　　张：13
字　　数：200千字
版　　次：2019年12月第1版第1次印刷
书　　号：ISBN 978-7-5122-1303-6
定　　价：49.80元

# 目　录

## 第一辑　心花怒放

春天的遐思　002

春日踏青　004

打碗碗花遍地开　008

畅游瓦窑堡文化休闲长廊　011

枣花　015

夏日清晨　018

普洱茶　020

延安新区　024

春登乐游原　031

峡谷探幽　035

## 第二辑　大美陕北

陕北的小米　040

陕北的窑洞　043

陕北的山　046

陕北的古烽火台　049

子长唢呐　056

安定锣鼓　058

古堡月色　060

走进柳树沟　063

拜谒将军之乡　067

子长景物记　069

第三辑　故园寻梦

黄帝陵随想　074

古城寻梦　076

立夏偶得　080

回眸府谷　082

雨中登古寨　085

秋意绥德　087

拜谒安吴堡和于右任故居　089

探访唐大明宫遗址　093

那逝去的夏日　096

又是一年春来到　101


第四辑　华夏览胜

天下黄河一壶收　104

靖边行　110

陕南行　115

临夏随想　122

库车寻梦　127

苍天圣地阿拉善　133

酒醉大漠　139

大美榆林　141

泸州随想　147

华东五市去来　152

## 第五辑 岁月回眸

我的父母　162

我的家风家教　165

我魂牵梦萦的延安　167

西瓜情思　170

过年　174

今又重阳　180

家乡的那棵白杨树　183

清风伴我行　185

春殇　189

香山红叶　193

后记——感恩文学　197

第一辑　心花怒放

## 春天的遐思

春天，我习惯于午后爬山。

一天午后，我照样去爬山。那天，天气不错，艳阳高照，照在人身上暖烘烘的，蓝天上飘着几朵白云。"望天上云卷云舒，去留无意；看庭前花开花落，荣辱不惊。"不知怎么，我想起了这副对联。现在，应该是仲春时候了。万物凋零，枯草丛生，荒凉至极。现在这个时候，是万物正在复苏的时候，是万物春风吹又生的时候，是万物在死与生之间徘徊的时候。登高望远，看到这些景象，令人感慨。

再过 10 天，就春分了；之后，就是清明了。清明时，该是桃红杏粉柳绿之时，那才算真正意义上的春天；那将是桃花笑春风的另外一番景象。有道是"沾衣欲湿杏花雨，吹面不寒杨柳风""碧玉妆成一树高，万条垂下绿丝绦""等闲识得东风面，万紫千红总是春"，更有"春色满园关不住，一枝红杏出墙来"，描绘了春天的勃勃生机，描绘了一片春意盎然的景象。

不知怎么，我回想起以前。想起年少轻狂的我，不禁脸红害臊。经过一系列的打击，自己没有被击倒，反而愈挫愈勇，愈挫弥坚，这应该是值得庆幸的。"一年之计在于春"。今年，我有什么打算呢？我要堂堂正正做人，踏踏实实干事，努力干好工作，对得起自己的良心，对得起这份工资。至于名利什么的，看淡点儿吧。我甚至有归隐山林之意，像陶翁一样，"采菊东篱下，悠然见南山。山气日夕佳，飞鸟相与还"，去过无忧无虑的田园生活。望着可爱的家乡，我忽然想起了自己以前写的一首《家乡好》的诗："陕北是个好地方，人间仙境数得上。白雾漂浮山峦间，绿树成荫满山坡。人在山上漫步走，鸟儿欢叫自由飞。喜看风景多秀丽，面向未来笑开颜。"噢，算了吧，不要再天马行空，胡思乱想了。我还是现实点儿吧，要面对现实，要敢于正视残酷的现实，直面惨淡的人生；把健康的身体，旺盛的人气，和谐的关系看重点儿吧，淡泊宁静，顺其自然。相信明天会更好。

自己学生时代所追求的理想，不就是"各尽所能，按需所取"吗？自己日日浑浑噩噩，得过且过，不是离自己的理想越来越远了吗？所以，我要振作精神，奋勇前进，向自己的理想靠近。想到这，我似乎恍然大悟，心情也变得开朗了，信心也增强了。

春分那天，大雨滂沱，我没爬山。第二天，春光明媚，暖意融融，轻风拂面，云儿飘荡。雨后的空气格外的清新，迎着和风，我又爬山了。山间小路，经过雨水的洗礼，一尘不染。沿径而上，猛然发现小草已从土里钻出来了，星星点点，绿意浓浓；阳面有一棵杏树，杏花已开放，大多杏树、桃树的花骨朵儿已有豌豆大小；榆树也泛起了比豌豆还大的疙瘩；柳树的树梢也已吐绿。一派春天的气象，真让人感慨生命轮回，感慨生的伟大，生的顽强。

又是一年春来到。河水汤汤，带走我的愁绪；杨柳吐绿，迎来春的希望。一阵春风吹来，我的思绪随风而去，我似乎看到了繁花似锦的前景。

# 春日踏青

春日，我们踏青去。

春天来了，山野里满眼都是粉色、红色、白色的花朵，像是一串串摇曳的风铃，在微风中晃动，时而落下一片纷飞的花雨。我的心动了，此时还有什么事比去踏青更快乐，更浪漫的呢！

你看，那嫩绿的山川，那淙淙的溪水，那依依的杨柳，那含笑的杏花、桃花、梨花，无一不展示着新春的魅力。那久违的春姑娘向你频频招手，那青山绿水向你发出热切的呼唤，那五彩缤纷的风筝飘荡起你那童年的歌谣。

当我们迈着轻盈的脚步去亲吻那乡间小道，我们会为路边那些在昨夜萌发的嫩芽而停步驻足，感叹不已；当我们漫步在田间小径，我们会为田野里绿茵一片的禾苗而吟风弄月，徘徊不前；当我们踏上那沧桑的古道，我们会为那悬崖上新披的翠绿而思潮翻滚，感慨万端。那一株小草，一叶嫩绿，无一不触发我们的感情末梢，使我们思绪万千，浮想联翩。

其实，春日踏青的习俗在我国由来已久。踏青为春日郊游，又叫春游、探春、寻春，一般指初春时到郊外散步游玩，在我国有着悠久的历史，其溯源是远古农耕祭祀的迎春习俗。在西周，万物萌动之时，迎春郊游于野外就已成为礼制。据《礼记·月令》载："立春之日，天子亲帅三公、九卿、诸侯、大夫以至，以迎春东郊。"春秋战国时期，形成了比较固定的上巳节，春游踏青也成为民俗活动。隋朝时期，踏青也是一项十分普及的民俗活动，尤其是每当春暖花开的时节，士女游春活动最盛。隋朝时，著名画家展子虔所绘的《游春图》，对明媚的春光及人们成群结队游春的情景有形象的描绘。唐代时踏青更为盛行，如杜甫有"江边踏青罢，回首见旌旗"的诗句，孟浩然有"岁岁春草生，踏青二三月"的诗句。据史载，唐代从农历正月十五至清明节的近两个月时间里，一直有人热衷于踏青。例如，据《开元天宝遗事》载："都人士女，每至正月半，各乘车跨马，供帐于园圃或郊野中，为探春之宴。"正月十五时，青草或许刚冒出小芽，然而性急的城里人就开始了"探春"活动。另据《旧唐书》记载，唐代宗曾在农历二月初二前往郊外踏青："大历二年二月壬午，（代宗）幸昆明池踏青。"李淖在《秦中岁时记》中也记载："唐上巳日，赐宴曲江，都人于江头禊饮，践踏青草，曰踏青。"唐代郊外踏青活动的盛行，由此可见一斑。至于清朝高鼎写的"草长莺飞二月天，拂堤杨柳醉春烟。儿童散学归来早，忙趁东风放纸鸢"的诗句，大家更是耳熟能详。

关于踏青的古诗词有很多。唐朝大诗人杜甫在《绝句》里写道："江边踏青罢，回首见旌旗。风起春城暮，高楼鼓角悲。"这首短诗写的是诗人到江边游玩，享受了美好的踏青节日之后，正欲赋归，却遇上吐蕃军队入侵四川，成都戒严，一时间旌旗鼓角，弥漫春郊。和平与战争，在一天内都逢上了，感情自是复杂得很。唐朝诗人司空图在《光化踏青有感》里写道："引得车回莫认恩，却成寂寞与谁论。到头不是君王意，羞插垂杨更傍门。"唐朝诗人郑谷在《寂寞》里写道："江郡人稀便是村，踏青天气欲黄昏。春愁不破还成醉，衣上泪痕和酒痕。"唐朝诗人张仲素在《春游曲》里写道："骋望登香阁，争高下砌台。林间踏青去，席上寄笺来。"宋朝大文学家欧阳修在《阮郎归·南园春半踏青时》里写道："南园春半踏青时，风和闻马嘶。青梅如豆柳如眉，日长蝴蝶飞。花露重，草烟低，人家帘幕垂。秋千慵困解罗衣，画堂双燕归。"此词描写的是仲春景色，豆梅丝柳，日长蝶飞，花露草烟，秋千慵困，画堂双燕，令人目不暇接，宛如亲历。宋朝文学家宋祁在《锦缠道·燕子呢喃》里写道："燕子呢喃，景色乍长春昼。睹园林、万花如绣。海棠经雨胭脂透。柳展宫眉，翠拂行人首。向郊原踏青，恣歌携手。醉醺醺、尚寻芳酒。问牧童、遥指孤村道：'杏花深处，那里人家有'"。此词描写了春日出游的所见、所闻与所感，字里行间洋溢着对春日景色的迷恋热爱之情和对郊游宴乐生活的向往赞赏之意。宋朝文学家王观在《庆清朝慢·踏青》里写道："结伴踏青去好，平头鞋子小双鸾。烟郊外，望中秀色，如有无间。"宋朝词人吕渭老在《梦玉人引》里写道："曲水飘香，小园莺唤春归。舞袖弓弯，正满城、烟草凄迷。结伴踏青，趁蝴蝶双飞。"宋朝词人赵温之在《踏青游》里写道："竹外溪边，一枝破寒卫腊。莹素肌、玉雕冰刻。赋闲标，足馀韵，岂同常格。最风流，生来处处尽好，别得造化工力。疏影幽香，意思迥然殊绝。"宋朝词人王炎在《江城子·癸酉春社》里写道："踏青时，懒追随。野蔌山肴，村酿可从宜。不向花边拼一醉，花不语，笑人痴。"宋朝女词人朱淑真在《西江月·春半》里写道："去去惜花心懒，踏青闲步江干。恰如飞鸟倦知还。淡荡梨花深院。"像这些咏叹踏青的古诗词可谓连篇累牍，俯拾皆是。

千百年来，踏青渐成习俗，仿佛只有踏青，才真正拥有了春天。直到今天，春游踏青活动仍为人们所喜爱。

踏青是一种忙里偷闲的放松，它最能唤起童心的回归，想起儿时。儿时的天比现在蓝，儿时的杏花、桃花、梨花比现在多。我生活在陕北山村，当杏花、桃花、梨花盛开的时候，只要放学的钟声一敲，小伙伴们就撒丫子往山野跑。当地农家，有许多女孩子的小名叫杏花、桃花、梨花，她们生长在春天，和春日的杏花、桃花、梨花一样快乐，笑靥那般动人。杏花、桃花、梨花下，往往会有石碾。是啊，陕北黄土高原的乡下，哪个村没有几台石碾？戴上黑眼罩的小毛驴，只要吆喝一声，拉起碾子就会不停地兜着圈，把高粱脱去壳，把玉米磨成面……那情景总会吸引孩子们的眼球，等卸了碾子，男孩子会抢上前，几个人合力推两圈石碾，也有调皮的女孩在身后嘻嘻哈哈地笑喊一嗓子："驾！"

如今，城里的小情侣来到乡下的杏花、桃花、梨花前以及石碾前怀旧，约会在杏花、桃花、梨花盛开的地方，这里有城市里没有的浪漫，也有城市里没有的风情。

春日踏青，我们会感到好久没有看见这么宁静、深邃的天空；深呼吸一口，我们会觉得好久没有呼吸过这么清新爽鼻的空气。于是，我们释放所有的感官，以最大限度将自己与大自然融为一体，让自己的思绪随着轻风飘荡，让自己的感觉随着清脆的鸟语流动；我们似乎找到了遗失的童年，重新翻阅起那童年的画册；摘一片柳叶作春笛，折几枝绿枝作伪装帽，让童稚的灵性、童稚的好奇任意流淌……

在春日的怀抱中漫游，没有城市的喧嚣，没有日常琐事的羁绊，没有繁重的工作负荷，只有花的香馨、泉的清纯、竹的风韵、松的古老。我们从草丛、春泥、花蕾之间会顿悟到那份淡泊人生的主题，我们从群山的顶峰中会理解出人生坎坷、曲折的意境，我们从温暖的春阳中会懂得寒冷的季节属于沉默与思考。这份顿悟、这份理解、这份懂得会使我们编织出许多玫瑰梦，会使我们的人生画板更加五彩缤纷。

让我们踩着踏青的古老之曲，跳起赏春的现代舞步，用热切的目光，去把那春山春水扫描；让我们走出寒风的冷漠，走出长冬的困惑，走出白雪的沉思，走向大自然，投入春日的怀抱。

春日，我们踏青去。

## 打碗碗花遍地开

盛夏，打碗碗花在陕北大地漫山遍野地开放，香气四溢，芬芳扑鼻。每当看见这小小的淡粉红色的打碗碗花，不知怎么，我一下子就想起了童年，也许这打碗碗花的香气里有童年的味道。

小时候，我们这些小伙伴结伴给各自家里寻猪草，打碗碗花草是必不可少的。打碗碗花像陕北人一样，有极强的生命力，无论是高山，还是田野，都有她的身影。我们也就追寻着她的身影，有时上高山，有时下田野，反正有打碗碗花的地方，就有我们这些小伙伴在。看着一地的打碗碗花，我们情不自禁地把花摘下来放在鼻子上闻，一股清香沁人心脾，顿时让我们忘记了疲劳。小伙伴们摘几朵打碗碗花拿在手中，大家就会说，如果谁手中的花儿掉在地上，他今天吃饭的时候一定会把饭碗打破的。李天芳老师写的散文《打碗碗花》中也有类似的描述。这个说法源于我们的祖父辈，也许就是祖先对打碗碗花怜惜之情溢于言表的表现。一次，在邻居家的硷畔上看见打碗碗花，几个小伙伴不约而同地去摘，突然邻居家的小女孩出来挡住说："花是我家的，不让你们摘！""哎哟，地里的野花是你家的啊？！"我们几个赌气地一人摘了一朵，女孩气得脸通红，说："好，好啊！你们摘吧！让你们从此天天吃饭打破饭碗。"我们几个悻悻而去，都有点儿后悔摘花了。现在想来是那么的天真好笑，但也是那么的有趣温馨。

我家窑洞一侧的土墙上，常年有打碗碗花盛开。土墙因年代久远而坍塌，墙上长满了野草，还有开在藤条上的淡粉红色的打碗碗花。其花冠呈漏斗状，口大底小形似瓷碗；花瓣单薄，让人不禁对它怜惜起来，于是弯下腰细细观赏起来。那花粉白粉白的，花瓣薄如蝉翼，一阵微风吹来，一朵朵摇头摆尾的，有的花被吹得花瓣合拢起来，一副弱不禁风的样子。那花是那样的娇柔，花茎贴着地面，花朵也是几乎贴着地面，一朵朵粉面朝天，开得兴致勃勃。

看着粉白娇嫩的打碗碗花，我想起了陕北民歌里的打碗碗花。陕北人对打碗碗花情有独钟，打碗碗花像陕北人的性格一样坚强、明快。陕北民歌《心上有话口难开》里唱道："羊肚子手巾三道道兰，我的三妹子真好看。穿上红鞋硷畔上站，你把哥哥的心扰乱。打碗碗花花就地开，有什么心事你说出来……"《你看下我来我看下你》里唱道："打碗碗花就地开，有什么心事慢慢来。蔓蔓结籽土中埋，半崖上招手半崖上来。一对对山羊串串走，谁和我相好手拖手。山丹丹开花背洼洼里红，先交人才后交心……"《把你的白脸脸调过来》里唱道："干妹子好来实在好，哥哥早把你看中了。打碗碗花就地开，你把你的白脸脸调过来……"有些小曲里唱道："打碗碗花开一崖坡坡哩，剜刨下的圪针筋筋扎死格人咧……"《打碗碗花开红军来》里唱道："大河那沿上着牛吃水，河边的青山上走一回，上去个高山哟折青柏，折枝那青柏着亲人来。哎呀嘞哎！哎呀嘞哎！山歌接头哟花儿开，打碗碗花开哟红军来。"

后来，我更知道，打碗碗花是一种多年生草本花卉，一次种植可多年开花不绝，枝叶茂盛，花大而美丽，花色为红紫色，或者红白相间色，花期为 7—10 月。根状茎细圆柱形，白色。茎蔓生、缠绕或匍匐状，有棱角，无毛，基部常有分枝。蒴果卵圆形，光滑。各子卵圆形，黑褐色。性喜凉爽、潮湿，阳光充足的环境，忌高温高湿，较耐寒。全国各地均有，从平原至高海拔地方都有生长，为农田、荒地、路旁常见的杂草。

关于打碗碗花的名字由来历来有很多说法，但都没有经过确切地考证。打碗碗花有不能让人打破碗的意思，因此不太可能是由"打碗"而来的。有学者经过考证推测，打碗碗花的名字可能是由"灯碗碗花"而来的。灯碗碗花是一种常见的野生植物，开花在窗台脚下，山西省有的地方也把打碗碗花叫灯碗碗花。可能是在长期的流传中"灯"渐渐传成了"打"，这也是不无可能的。

"打碗碗花儿就地开，把你的白脸脸掉过来"，是形容俊女子的。是啊，她是那样的粉嫩，那样的娇柔，使人不由得担心她的命运。在弱肉强食的大自然面前，她太微弱了，随时都会遭遇夭折。担心可能是多余的，你不见那打碗碗花在陕北遍地开吗？不管怎样的环境，她还是那样纯真天然，一朵朵粉面朝天，热热闹闹地开着。

哦！娇小柔弱的打碗碗花，感谢你在我的心中收藏了一片柔美的记忆。

# 畅游瓦窑堡文化休闲长廊

清明前后，陕北大地一派春意盎然的景象。桃花杏花争相开放，一片粉红；柳树垂下绿丝绦，青翠可爱。

春光明媚，正宜散步。一天午饭后，我从四路口出发，沐浴着融融的阳光，迎着暖暖的春风，穿过瓦窑堡大桥，来到了瓦窑堡文化休闲长廊。

走在充满现代气息的长廊上，欣赏着万紫千红的如画春景，令人心旷神怡，怡然自得。我知道，瓦窑堡文化休闲长廊是县委、县政府努力打造"城在林中、林在城中、人在画中"的生态景观，是实施"百里绿色长廊工程"的一部分。这个长廊位于子长县城瓦窑堡的迎宾东路、秀延河南岸，全长1200米，宽约4米，总投资1800万元；设计新颖，气势恢宏，图文并茂。2007年秋开工建设，2009年夏完工，历时近2年。

在瓦窑堡大桥桥头，有一座华丽的凉亭，亭内正中矗立着一块石碑，碑的正面刻有由已故陕西政协主席艾丕善题写的"瓦窑堡大桥"几个遒劲有力的大字。从桥头开始，沿着秀延河，446块精雕细刻的花岗岩浮雕栏杆一字排开，一直延伸到秀延河大桥桥头。

第一块栏杆上面刻有一面鲜艳的五星红旗，右上角刻有毛泽东在陕北的头像。第二块栏杆上面刻有题为"天下名堡，革命红都"的碑记，介绍了瓦窑堡的来源和历史："县城瓦窑堡，始建于元初，历来就有'天下的堡，瓦窑堡'之美誉。她襟三川而带二水，环六山而拥千翠，自古为'边镇之咽喉，西塞之要径，秦关之保障'。……共和国的 9 位将军就诞生在这里。"

我回头看了看巍峨的龙虎山，那里有将军们的铜像。龙虎山已经打造成著名的旅游风景区，山上有将军亭。亭子前正中安放着"民族英雄"谢子长的铜像，周围依次排列着中华人民共和国成立后被授予少将以上军衔的 9 位将军的铜像。

第三块栏杆是中央红军到达瓦窑堡的浮雕，接下来分别是瓦窑堡会议介绍、一些瓦窑堡革命旧居旧址介绍及发生在子长的重大革命历史事件介绍并附图，还有一些子长历史名人及和子长有关的历史名人介绍，如子长籍的胡瑗、薛文周和王鸿荐等，在子长留下足迹的历史名人有蒙恬、范仲淹，还有任安定知县的王光祖、李嘉胤、廖均和龙锡庆等。栏杆上刻有明朝王光祖的《土田说》和清朝李嘉胤的《廉说》，给我留下了深刻印象。特别是反映陕北民俗、陕北民歌、神气的瓦窑堡传说、安定八景的浮雕图画，让我深感家乡历史的厚重。

看着栏杆上镌刻的一件件有关子长的人文历史，我心潮澎湃，深为自己是子长人而倍加自豪，同时深感革命成功之艰难。

此时，蓝天白云下，碧水清澈，景致优美，加上长廊沿途立有毛泽东的诗词景墙，简直就是一幅精彩的油画。美观大方、富有现代人文气息的长廊，柳丝飘拂，松柏森森，加上音乐喷泉、时尚灯光、绮丽凉亭、敦实石桌凳和木桌凳等，已成了人们休闲、观光的好场所，更是县城里一道靓丽的风景线。秀延河上，5 座橡胶坝如长藤结瓜，拦截的秀延河成了5座碧波荡漾的湖泊，无怪乎人们称这里是景观之河、文化之河、生态之河。每到夜晚，长廊上流光溢彩，绚丽夺目，十分壮观。

走在平展的大理石上，看着华丽的灯柱、青翠的松柏、荡漾的绿波，听着潺潺的流水声，哼唱着栏杆上刻着的陕北民歌："东方红，太阳升，中国出了个毛泽东……""陕北游击队，老谢是总指挥""山丹丹开花红艳艳""上一道道坡坡下一道道梁""上河里的鸭子下河里的鹅，忽闪闪眼眼照哥哥"等，不时停下来欣赏着栏杆上的古今诗篇、名言警句，真乃人生一大享受。同时，也得到一次良好的教育，可谓一举三得：既锻炼了身体，又陶冶了情操，还学习了知识。

在长廊右侧，有座秀延小学，图书楼、实验楼、教学楼一应俱全，是陕北乃至西北一流的小学。气派的大门，先进的设施，明亮的教室，优雅的环境，清澈的河水，真是学习的好地方，让我这个曾经在黑暗窑洞里上小学的人羡慕不已。操场上，橡胶跑道非常明显，一群又一群的小学生正在快乐地游戏追逐，欢乐的笑声回荡在秀延河上空。我们小时候哪里有这么好的条件，教室是黑暗的窑洞，操场是土操场，还烂烂坷坷。秀延小学门前的石碑上刻有荀子的《劝学（节录）》，"君子曰：学不可以已。青，取之于蓝，而青于蓝；冰，水为之，而寒于水……"让人牢记不断学习的重要性。子长县青少年活动中心在秀延小学旁边，是开展青少年校外活动的公益性场所。中心始建于2008年，占地2268平方米，建筑面积4125平方米，框架结构共5层，总投资619万元。该中心是县政府实施的一项"民生工程、民心工程、德政工程"。中心设备齐全，开设了劳技、棋艺、乒乓球、四驱车、机器人、书法、绘画、舞蹈、钢琴、电子琴、声乐、古筝、少年作家等兴趣活动项目，是青少年求知的乐园、成才的摇篮，为青少年特长的发展和天赋的展示搭建了平台。我们小时候可没有这样的好场所，我真羡慕现在的青少年。

就这样信步走着，看着，穿过一座供人休息的长方形木制凉亭，不知不觉来到了秀延河大桥旁，也就是长廊的尽头。桥边，有用石头雕塑的两个鼓乐手和一个唢呐手，栩栩如生；一块巨石上刻有"瓦窑堡长廊"5个红色大字。我回头看看自己所走过的路，觉得这个长廊简直就是一幅描绘子长从古到今历史发展的灿烂画卷。

站在桥边，看着清澈的河水，来往的车辆，悠闲的游人，整洁的长廊，栉比的楼房，真感慨自己遇上了好年代，幸福的生活道不完。而这一切，不正是改革开放以来，子长人民不忘初心，牢记使命，充分发扬自力更生、艰苦奋斗的延安精神所取得的伟大成就吗？正这样想着的时候，一列火车呼啸着轰鸣而过，一架飞机穿过蓝天，在长廊上空留下长长的白色"尾巴"……

# 枣花

　　小满已过，临近芒种，在陕北的农家院落里或者山坡上，枣花悄然地降至人间，如果你不注意，根本发现不了它们。枣花一个个小如米粒，圆圆的呈黄绿色，在一个个叶柄下三五个或七八个聚在一起。微风拂过，花儿散发出淡淡的清香，沁人心脾；远远闻到，使人感到神清气爽。

　　与杏花、桃花、梨花、李花、苹果花相比，枣花似乎不太起眼。等那些花儿都累了，走入时间的深处之后，枣花才开始默默地绽放。也只有枣花绽放时散发出芬芳，才会引起人们的注意。这时，蜜蜂们早已捷足先登了。随着蜜蜂的足迹看去，在翠绿闪亮的枣叶丛中，米粒大小的枣花倒显得朴实自然，从容自如，毫不羞怯。很显然，枣花的开放绝不是为了争奇斗艳，而是为了完成一个神圣的使命。它所散发出的芬芳确实令人着迷，能使人忘却痛苦和烦恼，给人以欣慰和安宁，大有婴儿依偎在母亲怀里含着乳头小憩的那种满足和无欲的感觉。

　　也许是枣花太渺小，也许是没有艳丽的色彩，它们的绽放似乎无法引起人们的重视，就连包罗万象的陕北民歌里也不见它的影子。有着浪漫情怀的文人墨客，在他们的眼里，更容不下如此凡物。翻翻唐诗宋词，"枣花"二字实在难以寻觅。要不是苏轼写的那句"簌簌衣巾落枣花，村南村北响缲车"，恐怕我都要掉下眼泪了。每当我看着米粒大小的枣花，总有一丝淡淡的忧愁袭上心头。在枣花盛开的时候，近千万考生奔赴考场，为改变自己的命运而挥汗如雨。就在枣花盛开的时候，奶奶离开了我们，到今已有13个年头了。现在，枣花又开放了，我似乎又看见奶奶站在枣树下望着我们。

枣花开的时候，陕北已经绿意浓浓，没人把黄绿的枣花当回事，开就开了，谢就谢了。枣花落下去的样子，不像杏花、桃花、梨花、李花、苹果花那样飘飘扬扬。如果杏花、桃花、梨花、李花、苹果花落下去的姿态像雪，那么枣花则像雨，或者像雾。苏轼的"簌簌"用得很形象，当初他从枣树下经过，一定起了风，下起了"枣花雨"，枣花才引起他的注意，并幸运地被写进了诗篇。我很佩服枣花的这种勇气，在完成自己的使命以后，毫不留恋枝头，毅然决然而去，颇有几分英雄气概。而杏花、桃花、梨花、李花、苹果花以及其他艳丽的花，直到残败得不成样子还不肯离开。

枣花就整体而言，花期长达一个多月，但就个体而言从开到谢仅两三天。在炎热的初夏，它们要完成那神圣的使命是多么的艰难啊！弱小的躯体在烈日的烘烤和热浪的蹂躏下，它们坚强地开放，虽多数都没来得及完成那神圣的使命而凋谢，但它们绝没有屈服，而是一茬接着一茬，竞相地开放。当一两朵花骨朵儿开放，如果受粉成功，其余的花骨朵儿就不再开放而夭折；当前面的花骨朵儿开放，如果受粉不成功，后边就会有花骨朵儿紧接着开放。这样将会持续长达一个多月。了解了这些，我深深地被震撼了！在千百年的自然选择中，枣花的开放过程所折射出来的，难道不是一种为了一个共同的目标而前仆后继和甘愿牺牲的精神吗？

在我的家乡瓦窑堡，老一辈革命家居住过的窑洞前，也有一些枣树。此时，也默默开花了，似乎在等待着主人再一次欣赏它的芬芳。就是在这些枣树前，老一辈革命家决定了许多救国大计。枣花似乎是个吉祥物，在它们盛开的时候，发生了许多重大历史事件。

　　又是枣花盛开的时节，我仿佛闻到了它们甜甜的香气，还有陈年往事的味道。枣花比起杏花、桃花、梨花、李花、苹果花实在是太娇小了；不过，当你一旦真正地认识了这些小精灵，你便会从心底喜欢上它们的。

　　我爱家乡的枣花。

# 夏日清晨

夏日，我常常在清晨爬山。

此时，人们还在酣睡，停在街上的排排汽车还没有发动的迹象。静静的清晨，静静的街道，静静的树。树下静静地坐着三三两两的年长者，他们在低低絮语，身边的树杈上，挂着几个鸟笼，发出清脆的鸟声。山上，绿树成荫，不时有欢快的小鸟鸣叫着，从头顶飞过。看来，我可以享受鸟声如洗的夏日清晨了！

路上，凉爽的风夹杂着草木的芬芳迎面而来，一点儿也没有夏日的燥热不安。附着朝气，吟着清新淡雅的心曲，我一口气爬上山顶。天边，两片青色的幕布间，露着一抹白色，旋即又泛出一条淡淡的粉红色朱唇；那是太阳与大地的微笑？在骚人墨客的笔下，清晨总是腼腆的、微笑的。

山上的景色真美。野花"百般红紫斗芳菲"，红的，粉的，白的，紫的，你不让我，我不让你，各自展示着自己美丽的颜色。树木长得郁郁葱葱，阳光从树叶之间的空隙中透过来，金黄色的，一闪一闪的。小鸟的歌声是多么清脆，人们的笑声是多么欢畅。这悦耳的"音乐"，让人感到舒畅，让人如醉如痴。这种感觉激起了我的豪情，于是，我就随心所欲地唱起了歌。我的歌声惊动了山上的小动物们，野兔从我们身边跑过，松鼠也从我们的头上掠过，整个大山变得热闹起来。

人们在山顶随意地说笑着，舒展着身体。现在，生活好了，人们都开始锻炼身体，注意身体健康了。想想我爬山锻炼近10年了，可谓受益匪浅，既陶冶了情操，又强健了体魄。以前，爬山的人不多，我常常独自一人爬山。我为了爬山，常常修剪山上的槐树拐枝，终于修出一条直通山顶的道路。现在，人们爬山再也不受槐树拐枝的干扰，可以顺畅爬到山顶。可是，谁又会想到这条给他们带来好处的道路的修路人呢？看到"山友"愉快的心情，强健的体魄，我觉得我这样默默无闻、辛勤付出十分值得。我常常在"政府灶"上吃饭，看到"灶友"一个个得到提拔重用，和我看到"山友"因爬山而体魄强健的心情是一样的，我为他们的高兴而高兴。

是啊，夏日的清晨是美丽的，也是令人高兴的。每到夏日的清晨，小河便展现出它的波光粼粼；每到夏日的清晨，大山就会呈现出它的婀娜多姿！小时候，每到夏日的清晨，我就会等待着浸泡在小河的怀抱里，等待着享受从未有过的大自然的恩泽！时光飞逝，上大学的时候，青年的我离开了家乡，到了一个我素不相识的世界。在那里，夏日的清晨一点儿也不凉爽；在那里，我交了很多朋友；在那里，我觉得是那样的漫长，时不时地想起家乡，想起童年和少年时代的凉爽的夏日清晨，更忘不了家乡的大山，温暖的小河！我要大声地对全世界说："我爱夏日的清晨，它让我感到了无尽的快乐，让我生活在欢声笑语中！"

我，喜悦这夏日的清晨，用心的曲谱铭记它的恬淡、灵性、静谧与安然。

## 普洱茶

我第一次听说普洱茶，是 30 多年前上初中的时候。有一天上地理课，地理老师给我们讲解云南特产时，特别提到了普洱茶。我现在还记得他绘声绘色地说："云南普洱茶因普洱而得名，普洱因普洱茶而誉满华夏。普洱茶性情温和，养胃暖体；口感醇厚，清香馥郁醉人。轻啜一口，醇厚芬芳的甘甜如清风拂过脸颊般直落腹中，香味游弋在唇齿边，让人心旷神怡，回味无穷。1955 年，普洱茶作为贵重礼品，被云南少数民族国庆观礼团敬献给党中央、毛主席。"我顿时垂涎欲滴，心向往之。可是由于条件所限，我过了很多年也没有品尝过普洱茶。

我第一次品尝普洱茶，是 20 多年前刚参加工作的时候。刚参加工作不久，朋友送我一袋普洱绿茶，让我梦想成真，喜笑颜开。打开茶袋，抓一小撮茶叶放入杯中，用开水冲泡，并盖上杯盖。稍过片刻，打开杯盖，先嗅杯中香气，再看汤色，品尝滋味，少年时代上地理课的一幕顿现眼前。

此后，我便与普洱茶结下了不解之缘。我常常把盏一杯普洱香茗，任丝丝幽香冲淡浮尘，润泽心灵，同时沉淀思绪，体会人生。这居然成了我生活的常态，因而我对普洱茶产生了浓厚的兴趣，格外关注起来，了解了很多有关普洱茶的知识。

普洱茶是中国茶中的一种地方特种茶类，是在历史长河中积淀下来的中华古老文明中的一朵奇葩。普洱茶属于山茶科茶系树木，主要产于云南省的西双版纳、临沧、普洱等地区。宁洱哈尼族彝族自治县是普洱茶的核心原产地和集散中心，是茶马古道源头，也是古普洱府城所在地。普洱茶是以中国云南省一定区域内云南大叶种晒青毛茶为原料，经过发酵加工成的散茶和紧压茶。因此，普洱茶在制作上，分为普洱散茶和普洱紧茶两大类。普洱散茶的传统品类为毛尖、粗叶，今已发展为普洱绿茶、普洱青茶、普洱红茶、普洱黑茶、普洱黄茶、普洱白茶6个品类。普洱紧茶是压制成各种形状的茶叶，如七子圆饼、砖茶、沱茶等。普洱茶具有降低血脂、减肥降压、抗动脉硬化、抑菌助消化、暖胃养胃护胃、生津止渴、醒酒解毒、利尿散寒、止咳化痰、降低血脂胆固醇、消炎、杀菌、治痢等多种功效。

普洱茶历史非常悠久，早在3000多年前武王伐纣时期，云南种茶先民濮人就已经献茶给周武王，只不过那时还没有普洱茶这个名称。邦崴过渡型古茶树是古代濮人栽培驯化茶树遗留下来的活化石。历史文献中记载最早种植普洱茶的人是唐吏樊绰，在其所著的《蛮书》卷七中云："茶出银生城界诸山，散收无采造法。蒙舍蛮以椒姜桂和烹而饮之。"历史记载说明，早在1100多年前，属南诏"银生城界诸山"的思普区境内，已盛产茶叶。宋朝李石在他的《续博物志》一书中也记载了："茶出银生诸山，采无时，杂椒姜烹而饮之。"从茶文化历史的认知，茶兴于唐朝而盛于宋朝。元朝时有一地名叫"步日部"，由于后来写成汉字，就成了"普耳"（当时"耳"无三点水）。普洱一词首见于此。明代万历年间，谢肇淛在其著《滇略》中提到"普茶"（即普洱茶）这个词，该书曰："士庶所用，皆普茶也，蒸而成团"。这是"普茶"一词首次见诸文字。明代李时珍著《本草纲目》中亦有"普洱茶出云南普洱"的记载。清朝阮福在《普洱茶记》中有载："普洱古属银生府。则西蕃之用普洱，已自唐时。"清道光《普洱府志》中《六茶山遗器》记载，在1700多年前的三国时期，普洱府境内就已种茶。普洱茶深得清朝帝王、后妃、贵族们喜爱，宫中以饮普洱为时尚。

据说自唐代开始，普洱茶列为历代皇室的贡茶。清朝中叶，西双版纳地区的古"六大茶山"鼎盛，产品远销四川、西藏以及南洋各地。现在的普洱茶更是远销香港、澳门和内地，出口日本、马来西亚、新加坡、美国、法国等十几个国家。

唐宋时期，"茶马互市"开始形成，它是以古普洱府（今宁洱县城）为中心向国内外辐射出的马帮驿道。马帮驿道是以贩运普洱茶为主的民间商贸通道，在古代是中国西南地区面向国内外民族经济文化交流的走廊，所以又被誉为"南方丝绸之路"。

普洱茶里也飘出了优美的诗句。宋代诗人王禹称写过一首赞美普洱茶的千古名句，诗曰："香于九畹芳兰气，圆如三秋皓月轮。爱惜不尝惟恐尽，除将供养白头亲。"诗人盛赞普洱茶之香气胜九畹之兰，描绘其形圆如三秋皓月，珍爱有加，不忍品尝，除非将它供奉双亲才不觉得遗憾。而"圆如皓月"之茶正是普洱紧团茶。此诗写的闲适，表达了诗人对普洱茶的珍视和思乡之情，也隐隐反映出了普洱茶的一种民族文化及"敬茶"这一茶风茶俗。在《中国名茶》一书中，收有一首"古人评论普洱茶"的诗，诗曰："雾锁千树茶，云开万壑葱。香飘十里外，味酽一杯中。"乾隆皇帝尤爱普洱茶，曾作诗《烹雪用前韵》以赞普洱茶，诗中云："独有普洱号刚坚，清标未足夸雀舌。点成一椀金茎露，品泉陆羽应惭拙。"嘉庆皇帝对普洱茶亦是钟爱有加，在台北"故宫博物院"收藏的海棠式红底茶盘上记录有嘉庆皇帝的御制诗，诗曰："佳茗头纲贡，浇诗必月团。竹炉添活火，石铫沸惊湍。"清代宁洱贡生舒熙盛在《普中春日竹枝词十首》之四中写道："鹦鹉檐前屡唤茶，春酒堂中笑语哗。共说年来风物好，街头早卖白棠花。"清光绪《普洱府志》卷之四十八《艺文志》中载有宁洱书生许廷勋的长诗《普茶吟》，共四十八句，诗曰："山川有灵气盘郁，不钟于人即于物。蛮江瘴岭剧可憎，何处灵芽出岑蔚。茶山僻在西南夷，鸟吻毒茧纷缪辖……"另有清光绪年间景东郡守黄炳堃，以细致的观察视角，从正月写到腊月的《采茶曲》，诗曰："正月采茶未有茶，村姑一队颜妒花。秋千戏罢买春酒，醉倒胡麻抱琵琶……"。"驿路风沙"的普洱茶一路从远古走到了现在，走进了人们的心里，也融入了博大精深的中华文化里。

普洱茶是神奇的饮品，笃静者，品茶入心，安魂；烦虑者，品茶沉思，静心。闻着淡淡的茶香，使人没有了一点儿矫饰和浮躁，忘却了一切得失和荣辱，只有一份恬淡的心境。那份幽香，那份清醇，那份淡雅，都在默默地品味之中，感悟着人生的道理。酒为愁肠苦药，茶是太平文章。喝茶是福气，一杯清茶在手，或浅啜或慢饮，就这样悠悠地喝着，许多人生难解的结，便在时间的缓释中悄悄地解开；许多人生的焦灼，便在这茶叶的沉浮中淡泊了下来。

品普洱香茶，可忘却忧愁。

我爱普洱茶。

## 延安新区

我第一次到延安市政府的时候，惊诧于新区的美。

延安新区是一个建在山上的城市，有北区、东区和西区三大片区。新区规划在2030年全面建成，按照"分步实施、滚动开发"的思路，先行实施北区一期工程。

我来到延安市政府大楼前，只见大楼高大挺拔而不失庄重。由于楼太高，须仰视才可看见它的全部。那是去年一个秋雨绵绵的天气，厚厚的云在新区上空流动着，树木与草丛都从湿润中透出几分油油的绿意。虽然已经入秋，却没有感到秋的萧条。此时，延安市政府刚从山底搬来新区北区不久，一切都显得那么崭新，就连空气也似乎比延安老城区清新多了。清凉的雨丝在新区的每个角落里缠绕着，柔柔地将微尘拂落，干净的空气中再也没有半点儿瑕玷。雨已经连续下了几日了，没了夏日的酷暑，没了夏日的烦躁，秋高气爽，心旷神怡。烟雨城市，云雾蒙蒙，仿佛这一切在梦中。揉揉迷蒙的双眼，收拢缥渺的思绪，聆听秋雨的呢喃，四顾高原的空旷，生活中的郁闷顿时烟消云散。

记不清多少次去过或者路过延安，而前往延安新区，却是第一次。从地理位置上说，新区北区位于延安清凉山南北中轴线北部，背依主脉，东西护山环绕，面向延河，眺望宝塔；东区位于宝塔山东南，延河南岸，与北区新城隔川相望；西区位于凤凰山西侧，毗邻老城。新区北区、东区和西区三大片区呈三足鼎立之势，将延安老城合抱其间，护佑着延安老城这片曾经激荡着历史风烟、如今依然让人津津乐道的神奇大地。新区控制面积 78.5 平方公里，可建设用地 45 平方公里左右，规划人口约 40 万，可以极大拓展城市发展空间、疏解老城密度、保护革命旧址、改善人居环境，其折射的是市委、市政府的远见卓识、壮志雄心，承载的是延安人民的希望。今后的延安中心城市将以"三山"为绿心，北、东新城拱卫，形成"一心三轴多组团"的新格局。老城区依托枣园、杨家岭、宝塔山等十大精品景区建设，完善的商业、住宿、餐饮、购物、休闲娱乐等配套设施，使周边环境与景区整体风貌相协调，打造国内一流以红色旅游为核心的旅游主题"博物馆城"。新区建成行政集中、适宜人居、商业聚集的特色文化产业创新地、生态文明城市示范地和现代生活风尚引领地。延安人民建设美好新家园的期盼和梦想正一步步成为现实，一个崭新的现代生态新城正在渐行渐近。在"中疏外扩、上山建城、保护圣地、安居百姓"的城市发展战略布局中，它更将迎来前所未有的发展机遇，就像一个人正在长高、变壮，浑身充满了大干一场的活力。

　　还记得 20 世纪 90 年代，亚圣大厦建成，几十米高的大厦给了延安人一个新的视线，顶楼的旋转餐厅让大家用 360 度的视角重新看了一次延安。步入 21 世纪后，延安的经济发展是飞速的，依靠着地下的各种能源，延安人的生活水平一直呈直线上升。整齐干净、文明现代的城市是经济富裕后人们的另一个追求，但山高川窄的地形限制了城市的良性发展。这么多年，延安只是在仅有的川地上不断增加密度，一幢幢现代的高层建筑拔地而起，过于密集的大厦让延安这座城市越来越拥挤，热闹的市中心感受不到太多的繁华，身处在此，感觉更像一个高档的集贸市场。多少年来，延安市周边沟沟峁峁上生活的人们，背靠黄土梁，面朝黄土塬，出门就见山和沟。在近乎垂直的黄土崖壁上掏出黄土，形成窑洞，安上简陋的门窗，置放一些简单的生活用具，便开始了比"山顶洞人"先进不了多少的洞居生活，可以想象多年来延安群众所经历的艰辛与苦难。延安是革命圣地，党中央和毛泽东等老一辈革命家为后人留下了大量珍贵历史遗迹。然而因为城市用地紧缺，革命旧址周边的环境不断被蚕食，交通拥堵、城景争地、城乡统筹所必需的城市空间发展不足等矛盾十分突出。从城市发展的前景来看，延安老城太挤也太乱。毫无秩序的规划、修建，不仅让延安人感受不到进步的文明，反而使很多革命旧址渐渐被高楼大厦湮没，革命圣地的鲜艳红色被蒙上厚厚的一层尘土。

2011 年 12 月 25 日，对所有延安人而言，是一个值得记忆的日子。中国共产党延安市第四次代表大会上，确立了"中疏外扩、上山建城"的伟大战略。延安新区建设无疑称得上是个"大规划""大手笔"，相当于在山上再造两个延安老城区的面积。延安"削山建城"工程是目前亚洲乃至世界上在湿陷性黄土地区规模最大的岩土工程，在世界建城史上也属首例。延安人开创了"平山造地建新城"的伟大历史先河，延安新区的建设成为延安建城史上最辉煌的一页，也在世界城市的发展史上留下浓墨重彩的一笔。伴随着挖掘机的轰鸣声，曾经千百年来形成的黄土高原丘陵沟壑地貌如今已经变成一大片广阔而平整的土地，一些建筑物也陆续在这片土地上盘根拔节起来，一眼望过去的是充满无限生机的千亩绿林，城市的规划师们正在这座希望之城上描绘着未来延安新城的蓝图。世世代代生活在这片黄土地上的延安儿女，何曾见过如此平坦、广袤的地形，放眼望去，视线的尽头是山与天连成的天际线。如果说，旧的延安城凝聚、记录着新中国诞生的回忆，那么延安新区承载的就是延安的未来和延安儿女的一个"梦"。

位于清凉山北部的新区北区，在延安新区三大片区中先行实施建设，引起了全国人民的极大关注和瞩目。在新区建设前，延安先后邀请了经验丰富的陈祖煜、龚晓南、张苏明、林在贯、顾宝和、王铁宏等近百位水文地质、岩土工程、城市规划、生态环境等方面的专家进行了深入踏勘，模拟实验，仅岩土工程先后召开了 26 次会议，70 名专家学者在内的 131 人次参与了评审论证。在广泛征求意见、反复调研、科学论证的基础上，最终确定项目方案。延安新区的规划建设也得到了中央、省、市各级领导的亲切关怀和大力支持。此外，在延安工作过的老领导、老同志、北京知青以及世界华人协会等海内外华人华侨团体也十分关注延安新区建设，纷纷通过现场考察、来电来函询问等多种方式建言献策。

在各级领导和全国人民的大力支持下，延安新区的发展建设得以快速推进。新区累计完成各类草体种植 4000 余亩（约 266.67 公顷），其中种植有八宝景天、波斯菊、苜蓿、石竹等；完成各类花卉种植 380 亩（约 25.33 公顷），其中包括孔雀草、一串红、千头菊、海棠花、鼠尾草、鸡冠花、长春花等 20 余种，各类花卉共计 800 万余株。新区鲜花绽放，草木青翠，呈现出一片"绿的世界、花的海洋"。新区积极开展景观亮化提升工作，通过增加景观灯、地灯、射灯，映射绿化及造型景观，整体提升新区骨架亮化效果，将陕北文化、红色传承与艺术节相融合，打造出了一系列体现陕北地方文化和红色圣地的灯光小品。"栽下梧桐树，引得凤凰来"，美好的环境吸引了大批的企业扎根新区，很多大型活动如第十一届中国艺术节等陆续在新区召开。

如今，新区北区的 6 条新老城连接线以及 28 条市政道路及配套综合管廊全部建成，3 所学校开始办学，延安大剧院、学习书院、为民服务中心建成投用，1.3 万套的保障房、安置房和商品房及配套的幼儿园、商业街陆续交付使用，综合性三甲医院、公安局办公用房、鲁艺生态公园、文化公园、市民公园和山体公园等公共服务设施和基础设施配套正在加紧推进，延安大学新校区、延安大数据产业基地、双创社区等项目陆续开工，水、电、气、信等配备到位。新区北区的城市形象初露端倪，东区、西区建设积极推进，延安正在向着"圣地延安、生态延安、幸福延安"的目标阔步前行，让人似乎看到了山上风景如画、山下游人如织的繁华景象，似乎看到了一座魅力四射的宜居、宜商、宜游的新延安，带着延安儿女的梦想飞向美好的明天。

这是一片肥沃的土地，更是一块宝地。

思绪不由回溯到远古时期。考古发现，距今约3万年，延安已有晚期智人"黄龙人"生息。延安古称延州，是中华民族5000年文明的发祥地之一，人类始祖轩辕黄帝曾在这一带战斗和生活过，并且在这一带安息。约在公元前13世纪，延安属独立的方国鬼方之域。商王武丁曾发动大规模的讨伐鬼方的战争。《周易·既济卦》中载："高宗伐鬼方，三年克之。"这是迄今所知延安有文字可考的最早的文字记载。春秋时，延安是白狄部族所居住的地方，这是一个游牧兼狩猎的少数部族。晋公子重耳曾流亡白狄12年，即居住于延安一带。战国时，延安大部属魏国。《史记·秦本纪》中载："魏筑长城，自郑滨洛以北，有上郡"。秦惠文王七年（前331），秦帅公孙衍败魏军于雕阴（今陕西省甘泉县寺沟河），斩首8万余人，俘魏将龙贾；秦惠文王八年，魏纳河西地予秦；十年，魏纳上郡15县（今陕西省宜川、延安一带）予秦。延安始属秦。秦汉时，延安属上郡（郡治肤施，今陕西省榆林市南）。秦昭王时期，秦在延安一带置高奴县，县治在今延安城东尹家沟。这是延安筑城之始，其城垣至今犹存。秦统一六国后，大将蒙恬统兵30万北击匈奴，后又监修长城和秦直道。汉武帝时曾大量移民和屯戍，使陕北等地的农业经济空前发展，被誉为"新秦中"（意为富庶如关中）。延州和延安之名始见于《隋书》。延安因"延水安宁"而得名，具有"边陲之郡""五路襟喉"的特殊战略地位。唐武德元年（618）改延安郡为延州总管府，领肤施、丰林、延川

3县，管南平、北武、东夏3州；改上郡为富州，领洛交、洛川、三川、伏陆、内部、富城6县。宋代时，属永兴军路，设延州、富州、丹州、坊州。这一时期，宋与西夏战事频繁，宋代名臣庞籍、范雍、韩琦、范仲淹等在此御敌。延安作为"边陲之郡"，成为宋与西夏交战的战场，上演了一幕幕血雨腥风，刀光剑影的历史大戏。

"塞下秋来风景异，衡阳雁去无留意。四面边声连角起。千嶂里。长烟落日孤城闭。浊酒一杯家万里，燕然未勒归无计。羌管悠悠霜满地，人不寐，将军白发征夫泪。"这首《渔家傲·秋思》是范仲淹任陕西经略副使兼知延州（今陕西省延安市）时写的一首抒怀词。宝塔山上有座嘉岭书院（又称范公书院）遗址，据考证，嘉岭书院是范仲淹所修。范仲淹镇守延州时，一面修城筑寨，抵御西夏进犯；一面大兴学风，广召学子，习文研武，培养了一批有文化、有见识的栋梁之材，对延安经济文化的发展起到了很好的作用。

塞下风景犹存，衡阳雁去依旧，经历了几千年的岁月沧桑，昔日的刀光剑影已经远去，那深山里和战场上演绎的一幕幕历史大剧早已拉上帷幕。那些淫雨霏霏下的烽火台，静默着，似在诉说着昔日的故事。俱往矣，唯有这块土地上的文化和精神积淀下来，成为我们实现中华民族伟大复兴的中国梦的不竭动力。

从厚重深沉的历史中走出来，秋雨仍然淅淅沥沥地下着，我看到了清凉山下清澈的延河。

延河，是黄河的一个支流，经延安一路向东，汇入黄河。"水草丰美，上宜产牧，牛马衔尾，群羊塞道"，这是汉朝虞诩在《奏复三郡疏》中对延安的描述。"闾阎相望，桑麻翳野，天下称富庶者无如陇右"，宋朝司马光在《资治通鉴》中也描述了盛唐时期陕甘地区经济发展的情景。

一个城市，一旦有了水，便有了生气。历史上，延河流经延安时水量充沛、滔滔不止，先民们在此耕田狩猎，繁衍生息。两岸丰美的水草，奔流不止的河水，茂密的原始森林和牧场，组成了一幅美妙的画卷。然而曾几何时，延河在这里渐渐变得混浊，失去了往日的神采，原本平整的河滩被洪水冲得千疮百孔，四野一片荒凉。

可是，这次来到延安，当我目睹延河生态景观时，真有点儿不敢相信自己的眼睛：延河绕城而过，它不仅变得丰腴美丽，清澈透亮，而且在延河岸边，错落有致地栽植着国槐、油松、牡丹等几十种苗木花卉，一派生机盎然。入夜，延河两岸华灯绽放，映照着水面，波光粼粼。延安老城和新区因延河而充满了生机。

我曾去过浦东新区，脱不了工商业的底子，似乎太拥挤了。我也曾去过宁波杭州湾新区，紧靠着一望无垠的杭州湾，那又似乎太空阔了。其余呢，湘江新区少了点儿壮阔，西咸新区少了点儿雄浑。延安新区笔直宽阔、明净美丽的条条道路，像条条绚丽的丝带；花团锦簇、草木芳芳的座座广场，将现代气息与地域文化巧妙结合；鳞次栉比的城市建筑，拔地而起，错落有致；幽雅舒适的小区，绿草如茵，功能齐全；晚上，灯火辉煌，流光溢彩，如梦如幻，充满诗情画意，宛若人间仙境……延安新区，我用什么来比拟你的美呢？我怎么比拟得出呢？！

# 春登乐游原

唐朝大诗人李商隐笔下的乐游原，让我神往多年。

春暖花开，草长莺飞，拂堤杨柳醉春烟。风景如画，正是出游好时节。我决意去登乐游原，实现多年的夙愿。

乐游原位于西安市东南，是由于河流侵蚀而残留在渭河三级阶地上的黄土台塬，其得名于汉代。其实，早在2000多年以前的先秦时期，乐游原一带便以风景秀丽而久负盛名，是王公贵族游猎的场所。秦代时成为皇家园林，称为"宜春苑"。到了汉代，则被称为"宜春下苑"，划入上林苑范围之内，成为上林苑的一部分。汉宣帝神爵三年（前59），在汉长安城东南的一道原地上，开辟了乐游苑。一次，汉宣帝偕许皇后出游至此，迷恋于绚丽的风光，以至于"乐不思归"。后来在此处建有乐游庙，乐游原就以庙得名。这个名字一直叫了2000多年，沿用至今。在唐代的文学作品中，乐游原又经常被称作"乐游园"，这是因为"苑"与"园"在古代是通用的。乐游原是唐长安城的最高点，登原远眺，四望宽敞，京城之内，俯视如掌，为登高览胜的最佳地点。唐太平公主在此添造亭阁，营造了当时最大的私宅园林——太平公主庄园。韩愈《游太平公主山庄》诗云："公主当年欲占春，故将台榭押城闉。欲知前面花多少，直到南山不属人。"仅在乐游原上的一处园林，因太平公主谋反被没收后，就分赐给了宁、申、歧、薛四王，足以想见当时乐游原规模之大。

清晨，拾阶而上，我来到乐游原。只见亭台楼阁，雕梁画栋；碧水清澈，鱼翔浅底；桃红柳绿，满园春色；花前湖畔，游人如织。如画美景，吸引着我一刻不停地前行。不知不觉，来到一块略显黑色的巨石前，石上赫然刻有李商隐的《登乐游原》："向晚意不适，驱车登古原。夕阳无限好，只是近黄昏。"这首绝句，千百年来被人们所吟诵，也让乐游原享誉华夏。

不只是李商隐，唐代很多著名诗人都曾经来过乐游原游玩。在李商隐之前，诗仙李白已经来过乐游原，他在《忆秦娥》中写道："乐游原上清秋节，咸阳古道音尘绝。音尘绝，西风残照，汉家宫阙。"诗圣杜甫也来过乐游原，并写下了《乐游园歌》，开头的四句是："乐游古园萃森爽，烟绵碧草萋萋长。公子华筵势最高，秦川对酒如平掌。"可见，在杜诗圣的眼中，乐游原地势高爽，树木繁茂，碧草萋萋，站在乐游原上俯视底下的平地，犹如平掌一般。白居易也吟诵过乐游原，他在《登乐游园望》中写道："独上乐游园，四望天日曛。东北何霭霭，宫阙入烟云！"又在《立秋日登乐游园》中云："独行独语曲江头，回马迟迟上乐游。萧飒凉风与衰鬓，谁教计会一时秋。"杜牧作有一首《将赴吴兴登乐游原》，诗曰："清时有味是无能，闲爱孤云静爱僧。欲把一麾江海去，乐游原上望昭陵。"张九龄在《登乐游原春望书怀》中写道："城隅有乐游，表里见皇州。策马既长远，云山亦悠悠。"在那个诗歌盛行的年代，乐游原成为许多文人墨客创作的灵感来源，描写它的诗词可谓举不胜举，俯拾即是。

乐游原上有座青龙寺，见证了大唐的兴衰荣辱。这座寺庙建于隋文帝开皇二年（582），原名"灵感寺"。唐龙朔二年（662）复立为观音寺，景云二年（711）改名"青龙寺"，唐会昌五年（845）禁佛时寺废。次年又改为护国寺。大中九年（855）长安左右两街添置寺院8所，该寺又恢复本名。北宋元祐元年（1086）以后寺院废毁，地面建筑荡然无存，殿宇遗址被埋没地下。青龙寺是唐代密宗大师惠果长期驻锡之地，日本著名留学僧空海法师事惠果大师于此，后成为创立日本真言宗之初祖。1985年，青龙寺建日本和尚空海纪念碑时，把来自日本友人及佛教协会馈赠的象征友好和平的樱花树，植入寺院内。这里有最齐全的樱花品种，最悠久的樱花种植历史，最珍贵的樱花文化，最值得欣赏的樱花风景。寺院内千余株樱花树，在一个月的樱花季里，早期的彼岸樱、八枝垂樱、野生樱、染井吉野，中期的一叶、杨贵妃、郁金、松月，晚期的普贤像等十几个品种的樱花将分为3个时段竞相开放，清新淡雅的"染井吉野"、雍容华贵的"杨贵妃"，这些耳熟能详的樱花品种在这里比比皆是，游人畅游其中，别有一番情趣和惬意。

今天，我徜徉于樱花园中，漫步在亭榭之间，那一树树樱花花团锦簇，姹紫嫣红，绚丽多姿，流光溢彩，构成一幅美轮美奂的图画。满树烂漫的樱花是那样的玲珑，那样的羞涩，那样的清丽，那样的冷得极致，柔得极致，美得极致。樱花如此淡雅圣洁，与赏花少女那亭亭玉立的身姿、笑靥嫣然的脸庞、美目盼兮的神态，构成了蓝天白云下一支舒缓动听、如天籁般的春之圆舞曲，令人赏心悦目、心旷神怡。那一串串、一朵朵的樱花，有红的，有粉的，有白的，朵朵娇嫩动人，惹人喜爱。染井吉野樱那一树树洁白的呈现，一朵朵晶莹剔透的吐露，仿佛一个个纯白的梦，一盏盏冰洁的心，不与百花争艳，却是春之象征；不与风月谈情，却怡香缕缕，韵味点点。行走在樱花树下，一阵阵清香扑鼻而来，让人流连忘返，回味无穷。

我走出樱花园，沿坡而上，来到乐游原的最高处，极目四望，只见嫩绿的垂柳和如海的樱花交相辉映，高楼林立与人车如流相得益彰，一派欣欣向荣的春景图。从 1973 年青龙寺遗址的挖掘到如今乐游原遗址公园的建成，乐游原已经成为集遗址、寺庙、公园、博物馆、茶社等于一体的历史文化景区，千年前盛唐的景象得以重现，人们也多了一个梦回大唐的好去处。透过盛开的樱花，似乎大唐就在眼前，就在乐游原上，空中似乎徐徐飘来了大唐的美妙音乐和歌舞声音，余音袅袅，不绝于耳。而今人实现中华民族伟大复兴的中国梦，正是来自时空长河另一端的遥远而真挚的应和。

# 峡谷探幽

美丽的风景常常藏在隐秘的地方。

乘车来到距陕北名堡瓦窑堡 68 公里的赵角村，于一桥上，子长县高台便民服务中心主任冯建平指着桥下的峡谷介绍道，这就是著名的重耳养生谷。许是我的寡闻，许是峡谷的少有，置身于子长县偏僻山村的这个峡谷中翘首环望的某一刻，我惊诧于这里的美丽。

峡谷有一种天然的绝色神韵，怪石嶙峋，流花飞瀑，浅唱林鸟，飘荡着的丝丝清凉绿意直抵心灵深处，好似一屏烟水隔断了夏日的炎炎酷热和尘世的喧嚣浮华。峡谷内有亿年沉积岩，岩石经风蚀雨冲形成各种形象奇特的景观，巧夺天工，浑然天成。

顺着峡谷蜿蜒而行，满眼皆是绿树花草。浓密花草簇拥成天然的绿色通道，阳光从树叶的缝隙中洒下细碎银光。一阵山风吹来，灌木与青藤相拥起舞，山蝉与鸟雀低吟浅唱，绿叶与微风沙沙私语，一阵清凉袭上身来，清新气息沁入心底。

向着峡谷深处前行，一处又一处的意境，一处胜似一处。经历亿年风雨的峭壁岩石，有的好似雄鹰展翅，有的又像万年神龟；有的如下山的狮子在河道里怒吼，有的像千年的古树盘根错节；有的像片片鱼鳞，在阳光反照下波光潋滟；有的如寺庙佛塔，矗立在悬崖峭壁上，还有的像巨龙腾飞……随行的朋友们一边感叹大自然的鬼斧神工，一边随心拍摄美丽的自然风光。

走在峡谷中，忽听前方水声潺潺。我们循声而下，穿过一片岩石，眼前豁然开朗，清莹澄澈的潭水顿时迷住了我们。岩石上赫然刻有"养心潭"三个红色大字，名副其实。养心潭三面都是陡崖峭壁，潭水周围长有各式各样的花草。岩面与花草丛都从润湿中透出几分油油的绿意，罕见的墨绿色的蜻蜓和彩色的蝴蝶在花草丛中翩翩起舞。清澈的溪流在峡谷中间欢快流淌，或细流轻淌，或迂回曲折，溪水清澈见底，透出清凉的气息。潭水深绿，条状的、绒状的苔藓披挂在岩石上，让人难以辨识出岩石的本色。仔细看，那深绿色的青苔里还随意地涂抹间染上一缕缕葱绿色、灰绿色或烟蓝色。不知这青苔有多少年了，更不知这受青苔青睐的潭水有多少年了。潭水很深，蕴蓄着奇异的绿。一阵山风吹来，顿时雾气缭绕，清凉之极。极目远眺，峡谷犹如一幅绚丽的山水画卷。

沿着峡谷悠然前行，只见满山林深草茂，石奇树怪。时而一侧幽林一侧峭壁，时而一侧鸟语呢喃一侧泉水淙淙，时而椿树奇石挡路却又峰回路转。溪旁，香气扑鼻的地椒叶，盛开着紫色的小花朵；鲜黄的野菊花，氤氲着水的光泽，在阳光下微仰着娇羞的脸。一路上尽是赏不完的奇石、溪流和奇花异草，山泉"哗哗"的水声伴随着鸟鸣声婉转曼妙，不绝于耳，令人心旷神怡。

壮观的岩石群是峡谷带给我们的一道独特的视觉盛宴，随着峡谷蜿蜒向下的走势以及高低落差的变化，衍生出众多岩石群，一个比一个壮观。陡峭的山崖远离尘嚣，心无杂念，人烟缥缈，却亘古不离地厮守着"心远地自偏"的宁静。陡峭的岩石，犹如一道巨大的水帘从谷顶倾泻而下，飘逸洒脱，奔腾不息，忽而磅礴如洪凌厉如龙，忽而端庄如锦柔美如帘，让人叹为观止。这里的先人为躲避战乱，在峡谷的峭壁上打凿了6孔相通的石洞，它们已有几百年甚至更长的历史，至今犹存，给人一种沧桑之感。

一只胖胖的锦鸡，尾巴长长的，蔷薇色的底色上缀着绛色的红。它走几步停下来，然后轻盈地跳到溪旁的草丛中，慢慢地向远处走去。对于人类的探视，它和它栖身的峡谷一样，不惊不怒、不怨不喜，有着恬适的安然。

峡谷长达3公里，据说晋文公重耳在这一带忍辱负重，招贤纳士，韬光养晦12年，厚积薄发终成一代霸主。为了纪念重耳，人们把他静心养神的地方叫养心潭，抚琴解忧的地方叫抚琴台，运筹帷幄的地方叫聚贤亭，带来好运的天来之石叫转运石，他与身边五大贤臣居住过的地方叫聚贤崖。这个峡谷叫重耳养生谷，固然好。不过，我觉得叫高台大峡谷，更直观明了。我想，如果把这个大峡谷打造成陕北黄土高原的一个名胜风景，打造成一个独特的生态旅游景区，对当前扶贫攻坚工作，造福当地百姓具有重大意义，而子长县高台便民服务中心正在这样做着。聚贤亭及旁边的石桌、石凳、睡袋和摇椅等设施，还有峡谷的道路，都是子长县高台便民服务中心为方便游客添置的。这里，山水相宜，亭台生趣，草木丛生，俨然一个天然氧吧。峡谷山顶的周家山村，是个"鸡鸣三县"的村庄，既有着陕北古村落古朴恬静的原生态生活气息，还有恢宏大气的黄土高原山形地貌。在子长县高台便民服务中心的大力支持下，位于赵角村的子长县炬丰农业科技发展有限公司大力发展无公害的绿色食品黄米山石碾小米，享誉陕北。我们在这个公司品尝了农家饭，重温了记忆中的农耕文化，体验了农产品原生态的加工过程，还带了一些黄米山石碾小米回去大饱口福，果然味道醇美，名不虚传。

返回途中，我们驱车行驶在山上，可看见绿茂茂的槐树下的峡谷。

此时，远山如黛，太阳躲在薄薄的云层里，阳光从云和天的缝儿里漏出来，像给云镶了道金边儿。那只漂亮的锦鸡，此刻还在峡谷吗？

峡谷里的一座奇峰、一块怪石、一潭绿水、一只鸟、一朵花、一株草、一缕风，都已然成为徜徉在我心间的一处美景，清凉润泽，沁人心脾，荡涤内心的浮躁和喧嚣。离开峡谷很久了，心却还留在那里，因为那是一个适合放牧心灵的世外桃源。

第二辑　大美陕北

# 陕北的小米

　　小时候，假如我能够吃上一顿小米蒸饭，那简直是一种奢侈。我常常吃的是稻黍（也叫高粱）蒸饭，既难吃又难消化。偶尔吃上一顿小米和稻黍两样拌在一起的蒸饭，我就会喜笑颜开。现在生活好了，很少再吃小米蒸饭，代之的是大米蒸饭。有时候到饭馆吃"黄米饭小炒肉"，只是为了调换胃口，更是为了一种纯朴心境的回归。然而，由小米熬成的米汤却始终没有离开过我的餐桌。对陕北人来说，无论你是腰缠万贯还是贫困潦倒，小米汤永远是陕北人最美好的饮食，无论什么汤和饮料都无法替代。

　　陕北小米，亦称粟，通称谷子。谷子去壳即为小米。小米是粟脱壳制成的粮食，因其粒小，直径 1 毫米左右，故名。小米原产我国，有几千年的栽培历史。最为有名和质量最好的小米就产在陕北一带。小米是由野生的狗尾草选育驯化而来的。今天世界各地栽培的小米，都是由中国传去的。它适应性强，农谚有"只有青山干死竹，未见地里旱死粟"，说明小米的抗旱能力超群，它既耐干旱、贫瘠，又不怕酸碱，所以在陕北山区广泛种植。

陕北的光热资源充足，昼夜温差大，养分积累多，因而谷子成熟后稍做加工，即成为黄灿灿、香喷喷的小米。小米熬粥营养价值丰富，有"代参汤"之美称，黄香柔滑、回味悠长。小米除食用外，还可酿酒、制饴糖。许多陕北妇女在生育后，都有用小米加红糖来调养身体的习惯。

小米是养人的好东西，走在陕北，你到处都可以看到如云的美女，风姿绰约，是小米养出了魅力四射的女人，也养活了健壮如牛的男人。陕北男人那宽阔的胸怀，有力的肩膀，在风雨之中的那种从容，在处世之中的那种坦荡，在浪漫之中的那种豪放，在信天游里的那种粗犷，都令人想起小米那悠长的回味。

中华民族的"人文始祖"轩辕黄帝，就是吃着陕北的小米，纵横黄土高原，统一了中原各部落。我们的祖先黄帝最终选择在陕北栖息，也许就是难以割舍对陕北小米的依恋。

吃着陕北的小米，陕北红军创建了陕北革命根据地，为中央红军结束长征、落脚陕北奠定了坚实的基础。党中央在陕北的13年中，陕北小米滋养了千千万万的革命战士。

陕北高原的黄土，这片通人性、识善恶的土地，深感它的责任与使命，它倾尽所有的力气，将全身的营养从厚厚的黄土层里调出来供给谷子，这里的黄土滋养了小米，小米又滋养了我们的红军，红军用生命换来了我们今天的幸福生活。我们要感恩小米！

陕北的小米里也飞出了动听的歌谣。陕北民歌《小米饭香来土窑洞暖》里唱道："山丹丹红来（哟）山丹丹艳，小米饭（那个）香来（哟）土窑洞（那个）暖。"由歌唱家刘秉义演唱的陕北民歌《回延安》里唱道："小米儿香啊延水甜，边区的人民养育了咱！"更有著名诗人贺敬之写的《回延安》享誉华夏，里面写道："羊羔羔吃奶眼望着妈，小米饭养活我长大。"

然而，陕北的小米又是谦逊的。每到秋收季节，你看那黄土地上的沟沟峁峁、山山梁梁，沉甸甸的谷穗无论长得多么饱满骄人，却一律低下了头，仿佛深深地向人们鞠躬施礼。谷子喂养了人类，却在成熟时弯下了腰，这是一种谦逊的品格。而狗尾草（又叫谷毛英）虽然和谷子是近亲，却结不出像样的果实来，但它却一直高昂着头，随风摇曳，炫耀自己。在这古老的黄土地上，小米永远是谦逊的，只知道生儿育女是它的本分，供养人们食用是它的天职。

　　我从小是吃着陕北的小米长大的。我爱陕北的小米。

# 陕北的窑洞

陕北的窑洞，承载着我童年的梦幻、少年的遐想和青春的理想，有我迄今都怀念的温暖的土炕。小时候，在山上打猪草或劳动的时候，我最喜欢的莫过于站在山头，看着那一道道梁、一道道峁上鳞次栉比、错落有致的窑洞。特别是春节，家家户户挂上红灯笼，贴上对联和窗花，这时的窑洞犹如一幅多彩的油画。

窑洞是黄土高原上古老的居住形式，起源于古猿人脱离巢居而"仿兽穴居"的时期。黄土高原上的陕北人很早就有"挖穴而居"的习惯，这种"穴居式"民居的历史可以追溯到4000多年前。最早为半地穴式，秦汉后发展为全穴式，也就是土窑洞，这是陕北最原始最古老的窑洞。后来，又有了石窑、砖窑、接口子窑、薄壳窑、柳把子窑、土基子窑等多种窑洞。现在有用彩色瓷砖贴窑面墙的，也有分割厅室、上下两层楼房式的新窑洞。

窑洞冬暖夏凉，十分适宜居住。窑洞上圆下方，符合"天圆地方"之说。陕北的男人和女人就住在这样温馨的窑洞里，日出而作，日落而息。春耕、夏耘、秋收、冬藏，男欢女爱，繁衍生息，可谓天地人一体，阴阳和谐，怡然自乐。因而窑洞里走出了一个个健壮如牛的男人，也走出了一个个俊俏靓丽的女人。流传千古的民谣说："米脂的婆姨绥德的汉"，就是最好的佐证。走在陕北，你到处都可以看到如云的美女，风姿绰约；看到伟岸的男人，顶天立地。陕北男人那宽阔的胸怀，有力的肩膀，在风雨之中的那种从容，在处世之中的那种坦荡，在浪漫之中的那种豪放，在信天游里的那种粗犷，都令人想起陕北窑洞朴实无华的外观。

陕北人辛勤劳作一生，最基本的愿望就是有三五孔窑洞和心爱的婆姨。男人在黄土地上刨挖，女人则在土窑洞里操持家务，生儿育女，过着光景日月。因此，修窑是陕北人家中的大事。修窑前要请风水先生看地势、定方向、择日子。窑洞多修在山腰或山脚下的向阳之处，吃水、种田都方便，群众称之为"水食相连"之地。修窑有挖地基、做窑腿、拱旋、过窑顶、合龙口、做花栏、倒旋土、垫垴畔、安门窗、盘炕、砌锅灶等工序。修建时邻居和亲戚朋友互相帮工，修成后有合龙口的习俗，居住前有安土神的习俗，住新窑乔迁时有暖窑的习俗，尤其是合龙口和暖窑比较有趣。也有不少人家用木料、石料在窑前形成走廊，这叫"穿厦"，独具一格，更为美观。

陕北的窑洞承载着厚重的中华民族的历史和文化。陕北窑洞里，英才云集，名人辈出。《诗经·大雅·绵》中即有"陶复陶穴，未有家室"的吟唱，说明陕北先民很早就居住在窑洞内。轩辕黄帝也是在陕北的窑洞里作出了一个个英明的决策，纵横黄土高原，统一了中原各部落。我们的祖先黄帝最终选择在陕北栖息，也许就是难以割舍对冬暖夏凉的陕北窑洞的依恋。最值得称颂和难以忘怀的是老一辈无产阶级革命家长征到达陕北，在延安的窑洞里战斗生活的13个春秋。在陕北的窑洞里，陕北红军确定了开展武装斗争和创建红色政权等一系列正确的行动方针和策略，创建了陕北革命根据地，为中央红军结束长征、落脚陕北奠定了坚实的基础。陕北的窑洞里还住进了千千万万的革命战士，用"小米加步枪"打败了反动军队的飞机和大炮，建立了中华人民共和国。后来，陕北延安的窑洞里住上了北京娃。1969 年 1 月，27211 个北京知青从首都奔赴革命圣地延安插队落户，走与工农相结合的道路，"接受贫下中农的再教育"。他们带着行李箱、铺盖卷，落户插队到延安 1600 个生产大队。这批在陕北窑洞里住过的北京娃，如今已走向了社会的各行各业，在各自的岗位上发光发热。

陕北的窑洞里不仅飘出了小米香、米酒香和菜肴香，还飘出了动听的信天游歌谣。陕北民歌《延安窑洞住上北京娃》里唱道："山丹丹的那个开花哟，那个赛朝霞。延安那个窑洞，住上了北京娃。漫天的那个朝霞，山坡上落哟，北京那个青年在延河畔上安下家。"陕北民歌《小米饭香来土窑洞暖》里唱道："山丹丹红来（哟）山丹丹艳，小米饭（那个）香来（哟）土窑洞（那个）暖。"由歌唱家刘秉义演唱的陕北民歌《回延安》里唱道："曾记得，窑洞门前歌声朗，月光下面纺车转……枣园的灯光啊照天明……雄文篇篇指方向，光辉的思想永远闪亮在我心间。"《黄土高坡》里唱道："我家住在黄土高坡，日头从坡上走过，照着我的窑洞，晒着我的胳膊，还有我的牛跟着我。"更有著名诗人贺敬之写的《回延安》享誉华夏，里面写道："米酒油馍木炭火，团团围定炕上坐。满窑里围得不透风，脑畔上还响着脚步声。"

我出生在陕北乡村的窑洞里，长在陕北乡村的窑洞里，对陕北的窑洞有着深厚的感情，窑洞里有我太多的牵挂。如今我工作在县城，住在钢筋水泥的楼房里，睡在舒服的席梦思床上，生活条件比小时候和少年时候住的窑洞好多了。然而，我非常怀念家乡的窑洞，怀念在窑洞里的岁月。如今，我常常执着要回家，看一眼父母，看一眼生我养我的窑洞。

# 陕北的山

　　我爱陕北，更爱陕北的山。《论语·雍也》里孔子讲道："知者乐水，仁者乐山。"我虽然不是什么仁人志士，也不是什么识时务的智者，但我还是被陕北的山深深震撼吸引而深深地爱上了它。

　　陕北的山，山连着山，山套着山。高处是山，低处也是山，山在水畔，水在山腹，天在山巅。所有的山都紧紧相挨，千里缠绵，万古迢遥。它以千篇一律的格调和节奏，单一的色彩和情趣在这广阔的空间屹立成一幅波澜壮阔的群山图。如果你能够再稍微地看久一点儿，那些山就会在你眼中慢慢地蠕动起来，如跋涉在沙漠里的一群老象一般，向天边走去，直到你看不见的天涯远方。站在高山上，远眺那绵延不断、此起彼伏的山山峁峁，纵览那蜿蜒相连、纵横交错的沟沟壑壑，我抑制不了内心的万丈豪情、按捺不住沸腾的满腔热血，禁不住对着这浩瀚无垠、广袤无边的群山，放开喉咙，扯着嗓子高喊一曲："哪哒哒都不如咱这山沟沟好……"

　　陕北的山，春天山花烂漫，浓郁飘香；满山遍野一片嫩绿，桃花、杏花、梨花，以及各种不知名的野花，一丛丛，一簇簇，竞相开放，散发出浓郁的芳香，就像一座大花园。盛夏万木葱茏，云雾缥缈；郁郁葱葱的树木，潺潺的山间溪水，五颜六色的彩霞和雨后天空出现的彩虹，把陕北的山打扮得绚丽多姿。金秋漫山红遍，层林尽染，各种野果挂满枝头。层层梯田犹如一幅醉人的丰收图，沉甸甸的谷穗笑弯了腰，如海的高粱举起火把烧红了半边天，肥胖的玉米穗露出了一排排整齐的牙齿。严冬银装素裹，白雪皑皑；山舞银蛇，原驰蜡象；那一座座烽火台，在阳光的映照下，就像镶在大地上的一颗颗珍珠。在这如诗如画的天地间，处处是美景，处处有奇观，实在令人叫绝。这里千姿百态的奇观异景，与人工修筑的梯田、大坝交相辉映，使陕北的山愈发显得婀娜多姿，景色宜人。

陕北的山养育了万千灵性，蕴藏了无数神奇。陕北的山藏有大量几亿年前的鱼化石和丰富的煤炭、石油、天然气等资源；陕北的山是中华民族的祖先黄帝战斗和生活的地方，还是中国革命的庇护神。盘古开天，炎黄造世，在陕北的山里曾经生活着一群黢黑、健硕的汉子，他们赤条条地来到这块荒芜贫瘠的土地上，用勤劳的双手在半山腰上挖出了土洞，寻来树枝杂草，遮挡在洞口，就算给自己安顿了一个能避风挡雨的陋窝，随即便开始了与天地争斗，与命运抗争的漫长历程！黄帝死后葬在陕北，也许就是割舍不了对陕北的山的依恋。后来，李自成、高迎祥等依靠陕北的山慢慢发展壮大，成就了他们推翻大明王朝的事业。到了近代，许多英雄豪杰和革命志士又依靠陕北的山开展斗争，建立了陕北革命根据地，成为党中央长征的落脚点、抗日战争的出发点、解放战争的总后方。

陕北的山里还飞出了那么多悲欢离合的动人故事和百唱不厌的如《兰花花》《三十里铺》《走西口》《东方红》等信天游歌曲。陕北民歌之所以这么多，这么悠扬动听，和陕北的山是分不开的。尤其是信天游，那高亢的旋律，随心所欲、信马由缰的唱词，分明就是站在山上唱的歌，是唱给大山的歌，是蓝天白云下随风飘游的日月光景。陕北人豪爽直朴的性格，以及呐喊、吼这些说话方式，都是在连绵不断、空旷浑厚的黄土山这种地形地貌上进行的劳作中形成的，世上再没有比大自然更能培养人的习性和陶冶情操的了。对陕北人来说，山就是衣食父母，播种着希望，收获着喜悦，风风雨雨，终身厮守，怀有十分深厚的感情。高兴了对着山喊，对着山唱；忧愁了也对着山吼，对着山唱。只有这些黄土山，最能了解陕北人的心，最能解陕北人的忧。

陕北的山为陕北的发展提供了广阔的发展空间。多少年来，陕北人背靠黄土梁，面朝黄土塬，出门就见山和沟。在近乎垂直的黄土崖壁上掏出黄土，形成窑洞，安上简陋的门窗，置放一些简单的生活用具，便开始了比"山顶洞人"先进不了多少的洞居生活，可以想象多年来陕北群众所经历的艰辛与苦难。伴随着高亢的时代旋律，延安率先实施"中疏外扩、上山建城"的伟大战略，开创了伟大的"平山造地建新城"的历史先河。"世纪大手笔"的帷幕已徐徐拉开，一座美丽的陕北山城将拔地而起，见证着历史的变迁与岁月的更迭。延安新区的建设必将成为陕北建城史上最辉煌的一页，也将在世界城市的发展史上留下浓墨重彩的一笔。伴随着挖掘机的轰鸣声，曾经千百年来形成的黄土高原丘陵沟壑地貌如今已经变成一大片广阔而平整的土地，一些建筑物也陆续在这片土地上盘根错节起来，一眼望过去的是充满无限生机的千亩绿林，城市的规划师们正在这座希望之城上描绘着未来延安新城的蓝图。11条通往新区的道路正在有条不紊地建设着。如果说，旧的延安城凝聚、记录着新中国诞生的回忆，那么延安新区承载的就是陕北的未来和陕北儿女的一个"梦"。

陕北的山，连绵起伏，形态各异，似骏马，如骆驼，像雄狮……一眼望不到天际，神奇而美丽。

我爱陕北的山。

# 陕北的古烽火台

　　我们的家属楼离天下名堡——瓦窑堡不远，站在家属楼的楼顶，我常常能够看到远处的一座古烽火台，它是古代用来报告军情的设施。这座烽火台位于一座高山顶上，山底下是一个名叫芋则湾的村庄，这个村庄离我们的家属楼约有 2.5 公里。春节放假，我闲来无事，决定去看看这座烽火台。此时，草木枯萎，满目萧瑟，这座烽火台立于山上，非常惹眼，愈发显得古老苍凉。

　　走到芋则湾村，爬上山根底下一家人的窑顶，我慢慢地向山上爬去。快到山顶时，我看到了一个高土墩，其实就是古烽火台。它残高有 4 米多，台底部呈正方形，边宽有 10 余米，绕台还挖有一圆形堑壕。土墩上面还有一个石头垒成的四方形石墩，残高有 1 米，边宽有 2 米左右，石头有大有小。古烽火台近在咫尺，孤零零地立在那儿，给人一种历史沧桑的感觉。我想，烽火台不仅仅有报警的作用，应该还兼有战略防御的作用。那个土墩上面的石墩，也许是古人为了增加烽火台的高度而垒砌的，另一方面也可能是古人为多储存石头以便打击敌人；也许是解放战争时期的某一方为了阻击敌方而垒砌的。听老人们说，在清朝同治年间的暴乱时期，在烽火台旁边的壕沟里，我们的祖先把石碾子推下去来打击敌人，顿时血肉横飞，鬼哭狼嚎。我先在它周围转悠了一圈，然后从一个缓坡上爬上去，站在石墩上。啊！我终于登上了这座烽火台。望着绵绵山峦，黄土高原的雄奇和烽火台的古老让我思绪的闸门怎么也关不住，只好让它流出来……

黄土高原，位于中国中部偏北，海拔为800—2000米，千山万壑，峰峦重重。它承东启西，连接南北，是中国的脊梁。在黄土高原上，黄河就像一条桀骜不驯的巨龙，从极高极远的狭隘中冲出，成了一条滚滚的泥河。尽管她不时任性咆哮、泛滥成灾，但在她蕴生的母土里，却孕育了一个黄色的中华民族，孕育了一个在世界古代文明中始终没有中断、连续5000多年发展至今的灿烂的中华文明。龙脊上生活的中华民族在漫长历史发展中形成的独具特色的文化传统，深深影响了古代中国，也深深影响着当代中国和世界。

厚重的黄土来自北部和西北部的甘肃省、宁夏回族自治区和内蒙古高原以至中亚等广大干旱沙漠区。这些地区的岩石，白天受热膨胀，夜晚冷却收缩，逐渐被风化成大小不等的石块、沙子和黏土。同时这些地区，每逢西北风盛行的冬春季节，狂风骤起，飞沙走石，尘土蔽日。粗大的石块残留在原地成为"戈壁"，较细的沙粒落在附近地区，聚成片片沙漠。由于青藏高原隆起，东亚季风也被加强了，从西北吹向东南的冬季风与西风急流一起，将细小的粉沙和黏土纷纷向东南吹去，当风力减弱或遇到秦岭山脉的阻拦便停积下来，经过几十万年的堆积就形成了浩瀚的黄土高原。进入全新世，气候转为暖湿，疏松的黄土层经流水侵蚀，形成了沟壑纵横、梁峁广布的破碎地表。如果说黄河是中华民族的母亲，那么黄土高原就是中华民族的父亲。黄土高原像一位中国传统家庭中的父亲。他高高在上，平时默不作声，就像不存在一般。但他却用

050

水土俱下的方式影响着黄河母亲，行使着丈夫和父亲的职责。当他忍无可忍，沉下脸来的时候，正是黄河母亲用洪水作长鞭教训儿女之时。在古代历史上相当长的时间内，我们这里曾经是植被良好的繁荣富庶之地，所谓"山林川谷美，天材之利多"和"牛羊衔尾"就是古来描绘陕北一带的自然风物的。司马光的《资治通鉴》中描述盛唐时期陕甘的发展情景是"闾阎相望，桑麻翳野，天下称富庶者无如陇右"。所以，我们的祖先黄帝才会选择在这里安息。后来历经战乱，加上自然灾害和滥砍滥伐，严重破坏了这里的植被，经济文化的发展也因此受到了极大的制约。这高高山峦上的一个个古烽火台就是战争的佐证。

在陕北，往往隔不多远，便突兀着一个小土丘——烽火台。我对它再熟悉不过了，我曾经也登临过一些烽火台。它像一位久经沧桑的老人，在述说着以前所发生的历史故事；又像一个个哨兵一样，伫立在那里，日夜守候着这大山深处人民的安宁。在这片广袤的土地上，曾经发生过许多可歌可泣的英雄故事，留下了无数个城堡古寨、名胜古迹，烽火台便是其中之一。陕北有四大名堡的说法——神木的高家堡、定边的安边堡、榆林的镇川堡、子长的瓦窑堡，这些军堡能成为陕北名堡，主要与它们的战略作用有关，这些名堡周围当然少不了烽火台。在古代，交通是极不方便的，信息获得除了靠马卒通过驿站传递以外，烽火台便是军情传递的一种最常见、最便捷的方式。烽火台一般建在川道沿线和交通要道的最高山峦上，一座山连着一座山，一段长城连着一段长城，一座烽火台连着一座烽火台。每个烽火台不仅要做到相互照应，而且要对所在地域一目了然。一旦发生战争或出现军情要事，前线或边境地区的烽火台上，首先点起狼烟，以示告急，下一个烽火台看到前面烽火台上的狼烟后，同样也点起狼烟，报警信号便及时传递到下一个烽火台。这样前呼后应，步步推进，以最快速度传到军事指挥中心或州府、皇城，以达到及早防范、运筹帷幄、克敌制胜之目的。

这些突兀起来的小土丘，我们当地人称为"墩"，而在古代军事上却称为"烽火台"。据不完全考证，这些烽火台大多建于宋代，那时的陕西榆林南部和延安北部一带，是北宋的边关要塞，派有重兵和大将镇守，以防大辽和后来的西夏入侵。吴起、保安、安塞、安定，以及榆林的镇川、镇北台等地名，就是抵御外敌、乞求平安和江山永固的最好例证。

烽火台用来通信，源于奴隶制国家在政治和军事方面对通信的需要。据历史记载，烽火台早在3000多年前的商周时期就开始使用。烽火台大都筑在险要处和交通要道上，一旦发现敌情，便立刻发出警报：白天点燃掺有狼粪的柴草，使浓烟直上云霄；夜里则燃烧加有硫黄和硝石的干柴，使火光通明，以传递紧急军情。秦始皇统一六国后，筑长城（完成国家防御体系），修驰道（形成交通运输体系），还通过大建烽火台，建立起了国家警报信息体系。从此，各朝各代都把烽火台作为战争和国家安全的重要保障，不断地完善和修建。一座座烽火台，从京城向全国各地延伸，通向遥远的边境关隘，通到了各府、州、县。或有外敌犯边，或有乱民造反，烽火台上，昼则举烟（据说狼粪之烟，聚而且直，风吹不倒），夜则举火。一台点火报警，各台迅速举火传报，使中央和各级政府迅速调兵遣将平定战乱。可见，烽火台的建筑早于长城，但自长城出现后，长城沿线的烽火台便与长城密切结为一体，成为长城防御体系的一个重要组成部分，有的甚至就建在长城上。特别是汉代，朝廷非常重视烽火台的建筑，在某些地段，连线的烽火台甚至取代了长城城墙的建筑。长城沿线的烽火台的建筑与长城一样，是"因地制宜，就地取材"。西北的烽火台，多为夯土打筑，也有用土坯垒筑；山区的烽火台多为石块垒砌；中东部的烽火台自明代开始有用砖石垒砌或全砖包砌的。烽火台的位置除有建在早期长城干线上之外，一般分为3种：第一种，在长城城墙以外，沿通道向远处延伸，以监测敌人动向；第二种，在长城城墙以内，与关隘、镇所、郡县相连，以便及时组织反击作战和坚壁清野；

第三种，在长城两侧（秦汉时有建在长城上的），以便于迅速调动全线戍边守兵，起而迎敌。早期还有与都城保持联系的烽火台，以便尽快向朝廷报警。

说到烽火台，人们自然会想到战争。杜甫诗曰："烽火连三月，家书抵万金。"成语"狼烟四起，饿殍遍地"都是用烽火来描写战争，形容国家处于战乱之中的情景。烽火台作为警报信息系统，在战争和国家安全上的重要性，是不言而喻的。千山万水之遥，崇山峻岭之间，每一个小小的烽火台，都关系着国家兴亡，战争胜负，百姓生死。本来只有万分危急的时候才点燃的烽火，却被一个帝王拿来买美人一笑，结果是国破家亡，千古间留下一声悠长的叹息。故事是这样的，周朝有个周幽王，他是一个非常残暴而腐败的君主。他有个爱妃名叫褒姒，长得非常美丽，《东周列国志》中有这样一段话来形容褒姒："目秀眉清，唇红齿白，发挽乌云，指排削玉，有如花如月之容，倾国倾城之貌。"褒妃虽然很美，但是"从未开颜一笑"。为此，周幽王下诏天下，说谁要能叫娘娘一笑，就赏他1000斤金子（当时把铜叫金子）。于是有人想出了一个点起烽火戏诸侯的办法，想换取娘娘一笑。一天傍晚，周幽王带着爱妃褒姒登上城楼，命令四下点起烽火。临近的诸侯看到了烽火，以为西戎（当时西方的一个部族）来犯，便领兵赶到城下救援，但见城上灯火辉煌，鼓乐喧天。一打听才知道是周幽王为了取乐于娘娘而干的荒唐事儿，各诸侯敢怒不敢言，只好气愤地收兵回营。褒姒见状，果然淡然一笑。事隔不久，西戎果真来犯，虽然也点起了烽火，却无援兵赶到。原来各诸侯以为又是周幽王故伎重演。结果都城被西戎攻下，周幽王也被杀死了，从此西周灭亡了。这个历史故事不仅生动地描绘了当时利用烽火台通信的情况，同时也告诫后人，通信是非常重要的，不论在什么时候也不论是什么人，都不能拿通信当儿戏。周幽王为博褒姒一笑，举烽火戏诸侯，使西周迅速走向了灭亡，这是拿烽火台当儿戏的结果。三国时，东吴的吕蒙深知烽火台在战争中的重要性，取荆州时，首先让士兵扮作商人，智取了烽火台，使通往汉中、成都的烽火线路中断。烽火没能点燃，警报无法传递，吕蒙这才敢挥兵长驱大进，径取荆州，使威武一世的关云长兵败麦城，命丧黄泉，从而导致蜀汉衰亡，改变了三国格局，影响了历史的走向。

此时此刻，我站在这个古老的烽火台上，低头看着脚下的村庄，抬眼望着远处的白云。我想象着，就是在这儿，这座烽火台，它一头连着边关哨卡的士兵，一头连着京城的皇帝。当年这应是多么重要的一个地点啊！我想象着，就是在这儿，当年的烽火台上，站岗值勤的士兵，昼夜瞪大眼睛，警惕着周边可能发生的各种危险情况，眺望着远方其他烽火台的动向，随时准备着点燃那足以惊天地动鬼神的烽火狼烟。我想象着，就是在这儿，当年的烽火台上，或许是它白天点燃的一次狼烟，也许是它深夜点燃的一次烽火，曾引来了一片战旗猎猎，烟尘滚滚，带来了一场金戈铁马、血肉横飞、生灵涂炭的征战。虽使皇帝稳坐龙廷，让将军青史留名，却让无数士兵白骨弃野，使无数百姓流离失所。我忽然想到，每一寸土地，每一片空间都有可能和历史上的重大事件有联系，甚至与国家兴亡、民族命运息息相关，只是大多数在漫漫历史长河中消失了，被人们遗忘了。留有的资料，多么珍贵！随着历史的前进，随着新的、现代化信息技术的发展，烽火台这种最古老、最原始的警报系统彻底退出了历史舞台。人们看到的，是已经坍塌了的废墟，变成了一个土堆，人们称其为"墩"。有的"墩"在人民公社时期，生产队平整土地时，被彻底铲平了，融入大片农田之中，再无原有痕迹。

我静静地伫立在烽火台前，穿过岁月的凝视，我似乎看到湮没千年的锈迹斑斑的兵器闪烁着当年咄咄逼人的寒光，似乎看到列列战骑、万头攒动、追逐厮杀、刀光剑影的壮烈场面，耳畔似乎响起了炮声隆隆、战马嘶鸣、喊声四起、鬼哭狼嚎的凄惨声音。望着烽火台，领略昔日旌旗蔽日，万马奔腾，尘土飞扬的激烈场面，一股哀伤、怜惜之情顿时涌上心头。烽火台，你是历史的见证，生命的见证。你一方面为战争提供了快速、便捷的服务，另一方面却通过你残害了多少无辜鲜活的生命，有多少英勇壮士冲你而来，又有多少英雄豪杰倒在你的台下，更有多少王侯将相的美梦被你扼杀，这是一幕幕多么残酷的情景啊！

抚今追昔，烽火台历尽沧桑，仿佛一个饱受磨难的老者，战火的蹂躏往事渐行渐远，缥缈又虚幻，烽火台已成为战争的象征，如今已成为历史的见证，矗立在那里供人瞻仰。如今，烽火台上再也没有了战争的硝烟，人民过上了和平、幸福、安宁的生活。让我在烽火台遗址许个愿吧，愿烽烟永息，和平永驻。

我在这个烽火台周围转悠了半天，最后依依不舍地下山了。

# 子长唢呐

盛夏的一天上午，刚刚下完一场雨。县文联主席王明如打电话给我，邀请我观看子长的唢呐比赛盛况。这次比赛是子长县首届"瓦窑堡杯"唢呐比赛，高手如云，群英汇聚。

听着悠扬的唢呐曲，我的思绪飘到了儿时……小时候，参加婚宴，记得最热闹的就是新娘子娶到家的时候。唢呐没进村就响起了，唢呐的声音是那么嘹亮，小鼓的声音是那么清晰，小镲的声音是那么清脆，铜锣的声音是那么厚重。一听到唢呐声，人们就知道新娘子回来了。子长唢呐悦耳动听，给我留下了难以磨灭的回忆。可以说，我是听着唢呐曲长大的，对子长唢呐再熟悉不过了。

唢呐，民间也称"喇叭"，是一种民族乐器，它由杆、碗、芯及哨等部件组成。杆由柏木或松木经油长期浸泡后制作，杆上有 8 个音孔，但根据需要，长短不一，一般长 40 厘米左右；碗由黄铜铸成，一般长约 20 厘米；芯长约 6 厘米；哨子是由嫩苇秆制作的。子长唢呐是陕北唢呐的重要组成部分，也是陕北黄土文化的重要组成部分，是中华民族民间文艺宝库中一枝绚丽的奇葩，堪称"陕北一绝"，已被列为陕西省非物质文化遗产保护项目，目前正在申报国家级非物质文化遗产。

子长唢呐杆长碗大，音色明亮，低音浑厚，高音挺拔，粗犷悍实，热烈奔放，舒展挺拔，音量大，透气力强，渗透着雄健的阳刚之气。其曲牌丰富多彩，变化无穷，艺术魅力很强。抒情时，悠扬悦耳，委婉动听，如行云流水；喜庆时，欢快明亮，亢奋激越，如万马欢腾；哀怨时，如泣如诉，荡气回肠，如苍天悲哭。它的艺术魅力很强，将黄土高原特有的风土人情一览无余地倾诉于唢呐声中。男女结婚时的一曲《大摆队》，使人耳发热，脸发烫，心如醉，意似狂，让人可以不顾一切地跳动起来。人亡而葬时，一曲《苦伶仃》，如泣如诉，余间震颤，使人怅然若失，陷入渺茫的思绪。长歌当哭，其凄婉，其哀怨，令最刚强的汉子也会产生失落感，也会揪心裂肺。

近年来，子长唢呐的演奏队伍不断发展壮大，全县唢呐班子发展到100多个，唢呐手近千名。子长唢呐的演奏者可以多到几百人，一律身穿古代士卒装束，上身着陕北特色羊皮马甲，头戴羊肚子手巾，充满阳刚之气。那场面实在惊人，也着实感人。

堪称"陕北一绝"的子长唢呐，如今不再仅仅局限于红白喜事，它正作为一个品牌，逐渐为全国人民所熟悉，吹遍了陕北的山山水水，吹响了祖国的大江南北，彰显了民间文艺的风采。子长唢呐先后在湖南电视台、中央电视台成功演出，应邀参加了《羊马河战役》《北斗》《火种》《刘志丹与谢子长》《中国命运大决战》《童年的回忆》等电影、电视剧的拍摄，其中为凤凰卫视制作的《子长唢呐迎亲》在世界90多个国家和地区播放。

一杆杆长号声声嘹亮，一支支唢呐曲曲动听。这长号声、唢呐声，响遍了黄土高原的千山万壑，响遍了中华大地，响遍了世界的天涯海角，激荡着每个人的心扉。

# 安定锣鼓

沐浴着千年的风雨，安定锣鼓一路走来，如凤凰涅槃一般浴火重生，终于在当今的盛世年华放射出耀眼的光彩。

安定锣鼓也称陕北锣鼓，蕴含着"安定、团结、和谐"的意思。它诞生于古城安定，和古城一样历经战乱而屡衰屡兴。位于黄土高原腹地的安定古城，自古以来就是"边镇之咽喉，西塞之要径，秦关之保障"，并有"翠巘（yǎn）屏拱、河水环澜、西塞要径"的宜人风光景色。安定古城依山傍水，是古代丝绸之路北线最著名的商贸物流中心。

史书记载，锣鼓起源于黄土高原，是人类最早的一种娱乐形式。从商代到周代这近千年的漫长岁月里，陕北黄土高原一直处在动荡之中，陕北在战争的一次次冲击下，不断解体，又不断组合；不断减少成员，又不断增加新的成员。经过多次大的反复，终于以较为固定的形式存在了下来。社会流动性强却又趋于封闭，保持着较为原始的宗教信仰习惯及民情风俗，民间文艺具有自己的形式和风格。安定锣鼓源于战争、祭祀、佛教和道教做道场，后来演变为汉族的民间娱乐活动，已有几千年的历史。

安定锣鼓的演奏者多到几百人，一律身着古代士卒装束，摆开一个接一个的战阵，前后进退，左右开合。一会儿风卷残云，一会儿雨打枯叶；分开时像八卦，云集时阴阳双合。那场面实在惊人，也着实感人。安定锣鼓最大的特点是声音全由舞者击打锣、鼓、镲3种乐器产生的原音而形成，没有伴音，即没有乐队伴奏且击打锣鼓产生的声音必须一致。演奏安定锣鼓时有五大动作特点：首先，通过动律的变化表达舞者的内心激情。舞者击鼓时情不自禁地微微摇头晃肩，使内在感情与外在的动律有机地结合，达到神形兼备、和谐自如。其次，舞者挥槌击鼓有股子狠劲，双手要将鼓槌甩开，但狠而不蛮，显得挺拔浑厚，猛劲中仍不失其细腻之感。再次，做踹腿、跳跃动作时，都要有股子狠劲。这时节奏欢快，难度较大，代表了安定锣鼓粗犷豪爽、刚劲泼辣的风格。从次，侧身敲打是安定锣鼓表演的关键。在舞蹈中凡做踹、跳动作必须要猛，特别是做跳跃落地马步蹲这套边敲边跳的动作组合时，必须在固定的节拍里，运用迅速地猛劲才能完成动作的变化与连接。最后，动律形态复杂，跳跃幅度较小。表演者随着节奏的加快，脚步便开始复杂的踹、踏、跳跃，并加大身体左右摆动的幅度。例如，做"马步踹腿""马步跳跃"等动作时，舞者运用弓步左右连续敲打，势若蛟龙出海，显示出一种顽强拼搏和生龙活虎的精神状态。

提起安定锣鼓，人们自然会想到安塞腰鼓、洛川蹩鼓、宜川胸鼓，它们形成了著名的"延安四鼓"。咚咚的战鼓声，锵锵的敲锣音，呜哇的唢呐曲，仿佛让人听到了来自远古的声音，那刚劲豪放，地动山摇，振聋发聩，催人奋进的锣鼓之声，将世世代代回荡在陕北的黄土高原和世界的天涯海角。

# 古堡月色

　　冬夜，皓月当空，山野沉静，古堡的月色美丽得如同动人的童话。这幽幽的、淡淡的光辉洒在古堡上，勾引了我无穷无尽的心绪……

　　这个古堡以前叫望瑶堡，自古有"天下名堡"之美称，"天下的堡，望瑶堡"这一说法流传古今。望瑶堡的意思是说站在堡子上就能眺望西天的瑶池。现在民间还流传着小伙在大山仰望瑶池，盼着与仙女夫妻团圆的神话故事。清朝同治年间重修了这座古城堡，在城墙门洞上方镌刻了"望瑶堡"三个大字，可惜早已拆毁。后来，因当地烧砖瓦的窑子很多，瓦房砖窑也很多，人们以讹传讹，也就把望瑶堡叫成瓦窑堡。

　　冬天，对于长住在瓦窑堡并略知其历史的人，比如我，总有一种难以释怀的情感。这多半是因为1935年冬天那段革命历史事件所致。这期间，到底发生了多少叱咤风云的历史事件，恐怕谁也无法说清楚。闲时，我常常在这些革命旧址前踯躅驻足，沉思良久。今夜，月色很美，清亮高洁，还带着些缠绵悱恻的怀旧气息。在这皎洁的月下，我独自一人徜徉在瓦窑堡的街巷，探赜索隐，试图发现那段红色岁月的所有奥秘。小雪节气过后的第二天早上，瓦窑堡下了 2015 年的第一场雪。如今，天已放晴。夜晚，雪光、月光交相辉映，可谓壮丽矣，天地因雪而亮堂了许多。在这皎洁的月光下，望着山上的皑皑白雪，让我不由得想起 80 多年前党中央进驻瓦窑堡这一大事件。

在这一轮明月下，我似乎看到了毛泽东在直罗镇战役告捷后，骑着棕红色伊犁马风尘仆仆地首次来到了瓦窑堡。那天是 1935 年 12 月 13 日，农历十一月十八日。深夜，在中山街中盛店的窑洞外，月光如流水一般，静静地泻在院子里。这一夜，毛泽东住的窑洞里的灯火彻夜通明。

徘徊在毛泽东住过的窑洞前，我仿佛听到有吟哦声从窑洞里飘荡出来，仿佛看到一位面容清瘦的长者端坐着沉思，他的额头、面容上都长满智慧，五角星在煤油灯下熠熠生辉。谁能想到，就在这孔陈设简陋的窑洞里，毛泽东写出了具有伟大历史意义的不朽著作《论反对日本帝国主义的策略》和气壮山河的《七律·长征》《清平乐·六盘山》。望着立在院子里的高大的毛泽东铜像，蓦然回首，但见月华皎皎，黛青满山。随风而至的，是一缕缕松脂的馨香；随风而去的，是夜莺缠绵的心曲……

　　　一道道的山来一道道水，咱们中央红军到陕北。
　　　一杆杆的红旗一杆杆枪，咱们的队伍势力壮。
　　　千家万户把门开，快把咱亲人迎进来。
　　　热腾腾的油糕摆上桌，滚滚的米酒捧给亲人喝。
　　　围定亲人热炕上坐，知心的话儿飞出心窝窝。
　　　满天的乌云风吹散，毛主席来了晴了天。
　　　千里的雷声万里的闪，咱们革命的力量大发展。
　　　山丹丹开花红艳艳，毛主席领导咱打江山。

这歌声从天空隐隐地传来，如梦。

走在瓦窑堡的街巷，条条街巷就像厚厚的书页一样依次翻过，情节无限，古意盎然。岁月的风无遮无拦地向我吹来，呜呜咽咽，如泣如诉，我的心灵在感受着地老天荒与古今沧桑。秀延河已经结冰了，犹如一条白色玉带伸向远方，河畔有条二道街，平时鲜有人来，现在更冷清了，这条街上有许多革命旧址。二道街的路面铺的是青灰色的砖，加上街道两边青灰色的窑洞和围墙，显得古色古香。我踱着步，不知不觉就来到瓦窑堡会议旧址。站在窑洞前，用心灵对着这月亮，一生里从未遇上的瓦窑堡的夜装扮了我，也感动了我。瓦窑堡会议召开初期也是月华皎皎，也许是这月光洗净了瓦窑堡会议上遮人眼睛的尘灰和污垢，滋润着抗日民族统一战线伟大战略方针的产生，抑或是这月的力量和魅力让瓦窑堡会议圆满结束。这美丽月亮外面无边无际的天空，是如同大海一样深蓝的瓦窑堡的天空，瓦窑堡的夜晚。

哦，瓦窑堡！

谁说这里只是黄土高原偏僻山窝里的一个小镇？谁说这里是贫穷落后的代名词？看着一座座拔地而起、富有现代气派的高楼，不禁要为之叹服。瓦窑堡街头的门面一律青砖灰瓦，给人一种历史沧桑的感觉，而一个个首饰店、时装店、化妆品店又极富现代感。晚上，古老的瓦窑堡流光溢彩，绚丽夺目，美不胜收，宝塔、高楼和大桥上的灯光似彩练环绕，争奇斗艳，令人犹如置身蓬莱仙境。

今夜的月色和革命岁月时的月色一样迷离，不同的是月光遍照下的瓦窑堡早已不是从前的模样，在历史与现实的辉映下，在岁月的更迭、光阴的流转中，剩下的只有人们无穷的思念……

# 走进柳树沟

陕北是一块红色的热土，几乎每一个村庄都有一段红色故事，柳树沟村就是这样一个充满红色传奇的村子。

柳树沟是子长县玉家湾镇的一个拐沟村，离玉家湾镇 5 公里。这里人烟稀少，山大沟深，根本不会让你联想到这里曾经是中共秀延县委的所在地，而且在这里办公了 2 年又 7 个月。这就是历史，历史是无法改变也无法复制的，也是我今天前往，想探寻它魅力所在的一个重要原因。

深秋时节的柳树沟，天高云淡，万山红遍，层林尽染，景色醉人。走进村子，一种敬畏感油然而生，同时也会有一种莫名的激动与兴奋。沿坡而上，有一排窑洞，高原窗花后面的风韵扑面而来，镇政府正在这里打造李景膺旧居和中共秀延县委旧址景观。只见坐北朝南的 5 孔由石头接口的土窑被修复一新，静静地沐浴在金色阳光中；由石头砌成的四合院里静悄悄的；大门敞开着，似乎在等待着主人回家……我忽然意识到，脚下的位置也许就是当年李景膺先生向下俯望的地方。如今这些地方变得齐整了，新砌的砖瓦覆盖了曾经裸露的黄土，但神圣依旧。尤其是这坐北朝南的5孔充盈着红色气息的窑洞，愈发焕发出别样的光彩。似乎那一位位杰出的革命家正从窑洞里走出来，一步步汇聚到高高的山巅上，演绎着昨天的故事。

走进这个窑洞院落，浑厚与崇高便铺天盖地压下来，我的脑海填满了震撼人心的红色故事。从这5孔窑洞里飘出来的声音，跃过高原，绕过瓦窑堡，与那奔腾的黄河拥抱。任何一位有良知的中国人闻之都会血脉贲张，会把历史牢记。

当年，陕北红军经过血与火的斗争，逐步建立了陕北革命根据地，其中建立的中共秀延县委设在今天的玉家湾镇柳树沟村。中共秀延县委旧址其实是李景膺的家，当年中共秀延县委占用了李景膺家的窑洞办公，所以和李景膺旧居在一块。

这5孔毫不起眼的窑洞孕育过多少革命家，似乎已难以统计，但当年居住在5孔窑洞里的革命家们对生活的认识是清醒的。如今院子里还有一台在北方农村随处可见的普通石碾和磨盘；墙角处有一口马槽，周身刻满了花纹；窑洞内，还放着他们当年使用过的锄、用来脱粒的风箱等农具。遥想当年，县委书记李子厚在他住的农家小院里闲庭信步，一边帮老乡推碾，一边和老乡谈论家常，闲话农桑。他除了研究工作，起草文件之外，闲暇之余也会到院子里转转，或者上山从事农业劳动。从脚步迈进小院的那一刻起，我立刻进入一种莫名的状态，那些曾经在电影里多次演绎的画面不时在我脑海里播放，那些陕北红军的身影，那些曾经闹革命的岁月，犹如把我带回从前。伫立在窑洞前，一幅幅画面浮现在眼前。透过历史的屏风，我们似乎看到了眉宇间深藏睿智、双目中透着英气的县委书记李子厚，正盘腿坐在土炕桌前，与县委的同志共同商议着扩大根据地的宏图大业，还似乎看到他们正在召开会议，激烈地讨论着，辩论着。

眼前李子厚、杨成森、康润民等当年居住的窑洞，被勤劳的柳树沟人收拾得更加整洁亮堂。年轻的县委书记当年就是钻在这孔平凡的土窑里，作出了与国民党反动派殊死搏斗的决定，并逐步扩大了红色革命根据地。直到今天，人们依然会被革命家们舍生忘死的大无畏精神感动得潸然泪下。中央红军到达陕北后，秀延县委全力支持中央红军，组织秀延人民连夜碾米磨面，杀猪宰羊，赶做棉衣。人去物在，让人不胜感慨。

我走进院内，首先映入眼帘的是院子里的一台石碾和磨盘。窑洞内，还放着李景膺和李子厚等人当年使用过的锄、用来脱粒的风箱等农具。睹物思人，不由得想起李景膺这个人。他1907年生于此，1927年参加当地农民运动。1934年加入中国共产党，同年12月至1936年2月任中共赤源县委书记，领导人民群众进行土地革命，组织农民武装，开展对敌斗争，开辟苏区。他曾是中共七大的正式代表，如今却很少有人提及这段红色经历，其实他在陕北整整生活了40个春秋，是经受了陕北革命的洗礼而成长起来的。那年他任中共赤源县委书记时刚刚27岁，秀延河水滋润了他的灵魂，开阔了他的革命视野。这个当年在陕北赫赫有名的革命家，中华人民共和国一成立，便任陕北区党委书记，扛起建设陕北的重任。而他最突出的成就是在任赤源县委书记时期，领导人民群众打土豪、分田地，进行土地革命，组织农民武装，开展对敌斗争，开辟了安定苏区。这位从柳树沟走出来的革命家，在陕北家喻户晓。正是因为他亲身经历了陕北革命的征程，当他匆匆赶到延安参加党的第七次代表大会，聆听了毛主席的《论联合政府》的政治报告时，毛泽东思想便定格在脑海里了。他对陕北、对延安、对领袖的感情是深入骨髓的。中华人民共和国成立后，他离开陕北到北京工作，担任当时的内务部副部长，却依然迷恋陕北的风情万物，经常写陕北革命的回忆文章，为陕北革命的历史填补了不少空白。

后来，李景膺的家成了中共秀延县委的办公室。李子厚于1935年2月来到柳树沟，从此走马上任，成为第一任县委书记。李景膺和李子厚都与柳树沟村有缘，也许是历史的巧合，抑或是历史的必然。李子厚亦是陕北革命的亲身参与者，为开辟陕北革命根据地作出了巨大贡献。让所有人感到佩服的是，中华人民共和国成立后，他走出陕北，任沈阳市委纪检书记，念念不忘家乡，对家乡前来调研革命历史的工作人员亲自陪同，热情接待，积极支持。

是啊，柳树沟的窑洞里，走出了这么多卓越的革命家，那一个个振聋发聩的名字，如秀延县苏维埃政府主席薛兰斌、秀延县团委书记高维嵩、秀延县政府秘书长吴志渊、秀延县八区区委书记陈思恭、秀延县委巡视员杨子蔚、秀延县剧团团长雷恩富、秀延县团委巡视员韩民栋……星光璀璨，他们为红色革命根据地的发展呕心沥血，殚精竭虑，作出了自己应有的贡献。

而今，柳树沟村的群众正在大干苦干，大力发展苹果等产业。他们的这种实干精神，其实是对李景膺和李子厚等一大批革命者革命精神的最好继承。他们的革命精神薪火相传，后继有人，他们九泉有知，应该感到欣慰。

走进柳树沟，便走进了历史的长河；走进柳树沟，便走进了历史的长卷。柳树沟和瓦窑堡、延安一起，让我们亲近，让我们记忆，让我们重温。"鸡娃子叫来狗娃子咬，当红军的哥哥回来了……"陕北人传唱了一代又一代的"信天游"仍然在柳树沟上空飘荡。

我慢慢走出中共秀延县委旧址的院落，站到那古朴的大门外边，想起当年李子厚在这里发出的支持中央红军的呼唤，这声音犹如黄钟大吕。回望那已经沐浴在夕阳余晖里的院落，陡然感觉那5孔修葺一新的窑洞，有如崛起的一座巍峨的高峰，令人仰止，令人赞叹！正是这些赤胆忠心的革命家，满怀着救国救民的激情，创造了革命精神的丰碑，这是引领今日实现中国梦的不灭的灯塔！

## 拜谒将军之乡

时候已然是深秋。陕北大地万山红遍，层林尽染，景色醉人。踏着薄薄的积叶，我和作协的朋友们怀着崇敬的心情，拜谒了将军之乡——子长县玉家湾镇，一个充满红色传奇故事的地方。

我们先来到一个叫小南沟的自然村。在山上，彩旗飘扬，人头攒动，干部和村民们正在拉着水管灌溉刚刚栽上的油松。参加植树的人们个个热情高涨，每栽一棵树都认认真真地扶正、培土、踩实，呈现出一派火热的劳动场面。这个村的山上是军民共建双拥林工程点，退耕还林面积达 977 亩（约 65 公顷）。登高远眺，无边秋色，五彩斑斓，退耕还林之后所展现出的美丽图画让人目不暇接。一座座山峁上的鱼鳞坑层层排列，就像梅花鹿身上遍布的白色梅花斑点，又像鳄鱼身上的一个个鳞甲。村民们引水上山，挖下了不少铺着厚塑料的水坑，水坑内碧波荡漾。荒芜的山坡上，新栽上的树苗迎风摇曳。接着，我们参观了贺晋年、贺吉祥、贺毅将军旧居。贺晋年、贺吉祥、贺毅将军旧居前，一字排列着的 5 孔窑洞静静地沐浴在金色阳光中。谁能想到，在陕北这个普普通通的窑洞里居然诞生了 3 个将军。贺晋年与贺吉祥是亲兄弟，贺晋年与贺毅是父子。他们闹革命的故事，在陕北大地流传甚广。最后，我们瞻仰了玉家湾革命历史展室。通过观看，我们知道此地历史悠久，物华天宝，人才辈出。这里的煤玉性似水，黑而轻，可以用来雕刻各种器玩，如枕头、手镯、象棋、烟嘴等。在玉家湾这片红色沃土上，曾出现过许多革命志士。

　　十多年前，我就来过玉家湾镇。"晴天一身土，雨天一身泥"，这是以前玉家湾镇的真实写照，土路经常坑洼不平，路面脏乱，群众出行极为不便。而今，平整的柏油路穿镇而过，一幢幢新房矗立两旁，还有整齐的绿化、修葺一新的河道、完备的健身器材，文化广场上老人们聊天、孩子们嬉戏、妇女们跳舞，向我们展示了一首新农村建设的美丽诗篇。看病在社区医院，购物到集镇的商场，办事在便民服务中心，老百姓身在乡镇农村，却能获得堪比城市的公共服务。看到家乡可喜的变化，将军们在九泉之下一定会感到欣慰的！

# 子长景物记

陕北是中华民族的发祥地，人文荟萃，名胜遍地。这次我们到位于陕北腹地的子长县采风，就观赏了无数令人叹为观止的景观。不必说"华夏第一陵"的黄帝陵和大量的龙山文化遗址，也不必说"敦煌第二"的钟山石窟，更不必说天下闻名的大量革命旧址和子长籍的九大将军旧居，单单那些千年乔灌木、亿年石林和重耳公园就让人流连忘返。

## 千年酸枣王和千年月牙树

7 月间，子长的山川炎暑逼人，这时最理想的是站在山上的大树下乘凉，正应验了"大树底下好乘凉"的俗语。子长北部的玉家湾镇和涧峪岔镇都有千年乔灌木，不论是玉家湾镇的千年酸枣王还是涧峪岔镇的千年月牙树，站在其下避暑，迎面吹来的全是凉爽的风，就像吃了雪糕一样让人顿觉神清气爽。这种惬意的感觉，其他地方是很难寻得到的。

位于玉家湾镇路家寺村的千年酸枣王，独生独长，高 5 米，树干直径70厘米，双手不能合抱，年产酸枣40多公斤。位于涧峪岔镇刘家山村的千年月牙树，是两棵差点儿长在一起的姊妹树。这两棵树都高约8米，直径约1米，需三人合抱，树冠大如伞盖，遮天蔽日。据村民们说，这是两棵神树，相传谁家破坏了这树就会遭殃，且能预见庄稼收成好坏，非常灵验。当这两棵树树叶发黄，收成就不好；当这两棵树树叶长得绿茂茂，收成必然好。当陕北夏季普遍高温时，这里却是一片清凉世界。

我查了查资料，月牙树学名叫丝棉木，又名桃叶卫矛。透过这两株自然留存的古树，我们似乎看到这里原本生长着茂密的森林，并非此起彼伏的山峁沟壑面貌，只因人为的过度开采与破坏导致气候变化，才变成今天的黄土高原。而这两株曾经是幼苗的桃叶卫矛，将其根系深深扎到还保留着森林腐殖质的土壤中，经过千年风吹雨打，向人们诉说着这片土地的昨天。保护并人工扩繁这样的物种，可以研究生态环境的变迁，而且将这样的树种栽植在这片土地，可能会有一定改变环境、恢复原貌的作用。

## 子长石林

出涧峪岔镇北行25公里，有一座山名曰皇后台。山下有个叫石林峁的地方，有以青色巨石为主，造型千姿百态的石林地貌奇观。山脚有小河流过，远处有两座烽火台与皇后台呈三足鼎立之势。绿水碧波绕山峦而鸣奏，秦砖汉瓦随树影而闪烁，悠久的历史文物与优美的自然风景，浑然一体，这就是陕北名胜子长石林。

子长石林生成于210万年前的新生代第四纪早更新世，由于地壳运动、风化、雨蚀等地质作用而成，这里陡崖凌空，景象万千，峰回路转，步移景变。这些巨石高达10米左右，其造型天造地设，鬼斧神工，犹如雕塑大师之梦幻杰作。远看犹如骏马奔驰、骆驼远行、雄狮当关、猎鹰回首、大象吸水、蚕蛹吃桑等，形神兼备，栩栩如生。

究竟是风剔刻了，还是水涮铸了这样的景观？风摩挲着巨石，发出一种沉闷浑厚的音响，让人顿感神清气爽，可是这感觉却被踩在脚下的黄土全部吸收，人们无疑感受在钢绵、利钝、峰川的矛盾里。林峰百丈，直须仰视。不停歇的风在峰隙间迂回，把峰林打磨得光滑、圆满、奇特。还有一些峰林如在水中一样流淌得那样柔软，那样多彩多姿。风在岩体上钻出诸多洞穴，方圆各异，仪态万方。

这些石林是天地间超越时空的杰作，在这个神奇的世界里，挺拔伟岸、牵人心魄的高原石林与逶迤绵延、荡气回肠的清清河流，山水相依，动静结合，刚柔并济。整个石林就是一道横陈的瀑布，风撩起一些尘埃给瀑布遮上一层蝉翼般朦胧的纱幔，静动有序，缓缓地浮动着一些金紫的浪漫，心头陡升一线柔软、柔和。由于时间关系，人们百般留恋地、万般不舍地挪动着下山的脚步。

子长石林真乃天下奇观，人间壮景！

## 重耳公园

涧峪岔镇位于县城以北 50 公里处，地处白于山区，淮宁河穿境而过，2011 年被确定为市级重点镇。涧峪岔镇建设的总体规划为"一心、二轴、四节点、多组团"。"一心"即重耳公园，是规划区的核心。公园的浮雕上刻有重耳奔狄，娶妻生子，载桑养蚕，重耳出征，重耳别姬，秦晋之好，成就霸业等场景。重耳公园里有块"重耳景石"，是在本镇改河工程中意外掘出的奇石，上面的白色纹理是天然而成的草书"重耳"，可见建设重耳公园，上应天意，下顺民情。涧峪岔镇将镇政府所在地刘家坪村更名为重耳村后，正在筹划更名涧峪岔镇为重耳镇。

涧峪岔曾经是春秋时期白狄国王府所在地，重耳在此流亡 12 年，期间受到他的舅舅狄王的善待和庇护。狄国讨伐咎如国，掳获两名绝色美女，名叔隗，季隗。时谚云"前叔隗，后季隗，如珠比玉生光辉"，可以想见季隗之美。狄王将这两个女子送给了当时逃亡在狄的重耳为妻，重耳又将姐姐叔隗送给赵衰，留妹妹季隗作为自己的妻子。在这里值得一提的是，狄国分为白狄和赤狄，咎如乃赤狄的一支，季隗是赤狄的一位公主。

通过游览重耳公园，我们了解了一段历史，更学习了中国古代妇女善良贤惠、忍辱负重、顾全大局、自我牺牲的伟大精神。

每当夜幕降临，公园里总是人头攒动，歌舞喧天，夜景醉人。霓灯琼树映衬着楼台亭阁，流水潺潺述说着人间仙境。

修建重耳公园，善莫大焉！

第三辑　故园寻梦

# 黄帝陵随想

　　芒种刚过，延安市作协组织作家到子长县的高柏山黄帝陵采风。我早想去黄帝陵，这次终于得以成行。

　　宋代以前的黄帝陵在子长县石家湾乡高柏山，是很多史学家的共识。《史记·五帝本纪》载："黄帝崩，葬桥山"。据史学家的考证和实地观察，桥山即今高柏山，位于子长县石家湾乡境内，是大理河与淮宁河的分水岭。此山南北长而东西狭，南起石嘴，北至曹家洼，纵贯十余里（约5公里），主峰高耸，形势巍峨。其山势符合《尔雅》"山锐而高曰桥也"之说。在高柏山周围的王家河、新窑上、石家湾、井武塌、曹家洼、中洼、阳台、周家塌等村庄出土过大量新石器时期和商代、周代、秦代、汉代的陶器。曹家洼村的城墙梁山发现了古城墙，此即兴盛一时的古阳周城遗址。在周家塌西面的山原上，残存着宽14米、长百余米的古车道，至今仍可看出当初堑山湮谷的遗痕。古车道呈东南至西北走向，道旁残留一座9米多高的烽火台遗址，登台远望恰与东面墩儿山烽火台、东北面大墩梁烽火台成掎角之势，而古阳周城则为交汇点。车道附近还出土了秦汉时期的铜箭镞、铜车马饰和陶器等。

前几年，在陕北神木县高家堡镇洞川沟附近发现的石峁古城，是一处规模巨大的石砌古城，由"皇城台"、内城、外城三座基本完整并相对独立的石构城址组成。石峁附近的榆林、子长一带有黄帝的冢墓，还有人们祭祀黄帝的祠堂，黄帝生前和他的部族在此一带活动是无可否认的。实际上，作为黄帝部族活动在今陕北地区的更直接的证据还有黄帝的后裔白狄族人居住在这一带。

轩辕黄帝以陕北为根据地，经过 20 年的艰苦奋斗，将上万个部落统一，开创了文明时代。无独有偶，革命先辈们，也以陕北为根据地，将内忧外患、四分五裂的旧中国统一，建立了文明进步的社会主义新中国。神奇的土地，神奇的巧合。如今桥山正在开发建设且已粗具规模，将来必定成为旅游胜地。

陕北是神奇的土地，桥山可称为神奇土地的代表，黄土文化和地下矿藏一样丰富，旅游资源得天独厚，有独特的地质地貌，深峡大谷，三代长城，直道遗址，石器时代村落遗址，古城古寨，古墓群，雉堞烽燧，古桥古渡，神庙道观，众多革命旧址包括一些伟人故居，古今神话传说，杜甫、李益、韦庄、胡曾等文人行踪遗作。众多自然景观和人文景观，交织连片，可供游客大饱眼福，说古道今，舞文弄墨，吟诗作画。桥山，有写不完的故事，桥山将成为塞上明珠。

# 古城寻梦

中秋时节，草木葳蕤，景色宜人。怀着对家乡历史的崇敬，带着一份探古寻幽的圆梦心境，我和文友们来到了千年古城安定。古老的城墙，高大肃穆而破败，笼罩着庄严的气氛，隐藏着城内历史沧桑的秘密。顿时，浓浓的乡愁涌上心头，浓郁的历史厚重感与沧桑感弥漫心间。

安定古城依山傍水，是古代丝绸之路北线最著名的商贸物流中心。自古以来就是"边镇之咽喉、西塞之要径、秦关之保障"的兵家必争之地，并有"翠巘（yǎn）屏拱、河水环澜、西塞要径"的宜人风光景色。宋代初始设安定寨，北宋至道年间（995—997），被党项族占据。40多年后直至北宋景祐五年（1038）收复，北宋康定元年（1040）安定寨升为安定堡。元宪宗二年（1252），升为安定县，属延安路领辖。安定古老的城墙大约修筑于宋代庆历年间，即公元1041年前后，时称安定堡。城墙最初由黄土夯筑，直到明初嘉靖年间修葺时，才改为石基砖石墙。经过历朝历代数十次的修筑及扩建，到清道光年间，县城规模在当时比较宏大，"周围长五里三分，联东关城共九里七分，墙高二丈八尺，池深一丈五尺"。有城楼 3 座，城门 4 道。"西门曰义城，东门曰迎旭，南门曰仁和，北门曰拱极"。时至今日，安定古城的城墙仅保留小段遗迹，城墙上的城楼早已灰飞烟灭。这座古城历经战乱而屡毁屡兴，真可谓风雨沧桑的千年古城。而古城，总让人勾起缕缕乡愁。

那饱经岁月风霜的灰砖堆垒而成的城墙上，长满了生机勃勃的苔藓以及一些叫不出名字的灌木。在城墙的脚下，杨柳婆娑，百亩葡萄园硕果累累，不远处的秀延河水潺潺地流淌着。一切都是那么的静，那么的美，你会感到古城生命的顽强，也会对频遭兵燹匪患洗劫而不溃的古城墙产生由衷的景仰。抬头仰望，高大的城墙在阳光的照耀下，更显得古朴，就仿佛时光倒流，引领我们重回那"吹角连营"的年代。蔚蓝而广袤的天空被这棱角分明的灰色城墙分隔，人站在这天、地、古墙之间更觉得寰宇广大，时光如梭。

虽然是子长县（旧称安定县）人，但我对神秘的安定古城其实并不太了解。所以，在我的印象里，安定古城就是一个头裹白羊肚毛巾、脚蹬草鞋、身着一套黑色粗布褂子、手拿水烟筒，坐在青石板台阶上的鲁莽汉子，木讷而迷茫……但通过这次游览，古城在我心中的形象变成了一袭长衫、饱读诗书、风华正茂的英俊书生，他步履坚定而从容、目光深邃而多情……

走在那些狭窄的巷道里，一股来自远古的清凉之风扑面而来，沁人心脾，令人耳目一新。安定镇是 2008 年 9 月陕西省政府公布的全省第五批重点文物保护单位之一，古街、古寺、古道、古桥、古民居、古坊等历史印记遍布全镇。在这青砖灰瓦、花窗飞檐之间，透过斑驳树影，清晰传来荡气回肠的子长唢呐声。

街道的两边，清一色的小店，有粗粮细做的荞麦煎饼、碗饦、灌肠、绿豆凉粉、软米油糕、案糕、炖羊肉、长杂面等地方小吃。张家手工挂面、姜家油旋芝麻饼、白家清炖羊肉、王家碗饦更是历史悠久，别有一番味道，让人回味无穷。穿过街道，我们来到了旧县衙。仰望着略显模糊的"青天白日""光风霁月"两块石匾镶嵌在窑洞墙壁两边，突然有了种历史的厚重感。任瑟瑟秋风吹拂着我的脸，仿佛时间的刀刻写着千年前的故事。县衙的部分大堂为民国十三年重修，保存也较好，这是目前陕北地区唯一保存完整的清朝县衙遗址。我在县衙内顿足，冥思了一会儿，想起了清朝末年和民国初年那段血雨腥风的历史。为结束封建王朝，多少俊杰为争取平等自由的理想社会而献出了宝贵生命？我们不得而知。紧接着，我们游览了几处明清民居。建于明代的明伦堂，年代最早。相对保存较为完好的是芝兰居和郭家民居等，均建于清代。历史上，这些民居融合南北风韵，窑洞上面建有亭台楼阁，蔚为壮观。如今只剩一些残墙烂瓦，但风韵犹存，是游览观光和研究明清建筑不可多得的历史遗存。

千年的历史积淀，让古城随处散发着文化气息。在漫长的历史长河中，生活在这块土地上的人民创造了灿烂的黄土文化，有民歌、唢呐、道情、说书和剪纸等，生动反映了劳动人民的生活和斗争，表达了他们的思想情感。古时安定县之所以能在西北文化界占有一席之地，很大程度上归功于其良好的文化氛围和崇尚教育的传统。在这个偏僻的山城，仅仅书院就有敬学书院、汾川书院、笔峰书院等书院，可惜早已荡然无存。据清道光年间的《安定县志》记载，安定人"在延安府属中颇称勤诗书"。有这些书院，子长县人才辈出也就不足为怪，如宋朝的一代大儒胡瑗，清朝的大书法家张在朝，民族英雄谢子长，共和国的9位将军及中国散文学会会长王巨才等。

古时安定县久负盛名的文化景观当属"安定八景"，分别是石室庄严、凤岭朝霞、锦屏叠雪、西池晚烟、花崖秀特、文笔腾光、龙山夕照、北河晓月。仅仅听一听这些景观名称，足可想象历史上的安定是如何美丽了。安定城北门外，秀延河绕城而过。月夜，河水映衬，水天一色，大有芦沟景致。道光《安定县志》载："县城北门外众水汇流，为清涧、定边、靖边往来通衢，有芦沟胜致"。

安定县的牌坊也比较多，据史料记载，有谏垣坊、奎聚坊、平政坊、儒林坊等多座较为有名的牌坊。古城历经风雨千年，依然能保持自己独有之风格，这种风格，就如王二妮的歌声一样地道纯美，但在地道与纯美的背后，有谁又知道透射的是哪种坚忍与艰辛呢？

安定镇背靠翠屏山，前绕秀延河，山凝天地之灵气，川铸自然之造化，一直被历朝历代的方外之人所钟情。晋太和年间（366—370），就有佛教徒在古镇以东 500 米处的钟山下开凿钟山石窟，从此佛家缕缕香火，渐成气势。钟山石窟现存的山门、牌坊、萧寺宫、七级密檐式砖塔、惠善法师浮屠塔、松岩法师浮屠塔，以及塔林、地宫、石崖墓群、禅室、禅院等均有很高的艺术和科考价值。

安定镇政府工作人员详细给我们介绍了安定镇发展的宏伟蓝图，让我们对这个千年古镇充满了期待。2013 年 7 月，安定镇被陕西省政府确定为文化旅游名镇后，每年都得到子长县政府 2000 万元的经费支持。目前续建项目中的秀延河安定段堤防工程已竣工，山体公园建设工程、环卫设施建设工程、垃圾填埋场、电网改造工程正在紧张施工。西门城墙修复、旧县衙改造工程、古院落修复等 3 个项目的前期文物勘探、工程拆迁工作已结束，即将开工建设。钟山石窟维修工程，国家文物局已落实资金 740 万元即将维修，秀延河大桥新建工程已完成施工图设计即将开工，新区 580 套保障性住房正在施工，已落实资金 328 万元正在建设幼儿园。

听着工作人员的介绍，我似乎看到了山上硕果累累、山下游人如织的繁华景象，似乎看到了一座魅力四射的宜居宜商宜游的千年古城，带着千年梦想飞向美好的明天。

# 立夏偶得

立夏那天早上，我像往常一样去爬山锻炼，也像以前一样顺便修剪山上的槐树。

此时，阳光融融，碧空如洗，大地披上了绿色的盛装。五颜六色的野花格外惹眼，翩翩起舞的蝴蝶尽情地卖弄着风姿，孟浪的蜜蜂正在四处追逐芳香，碧波荡漾的延河水泛着粼粼的波光，一股山野间的淡淡清香弥漫在空气中令人心旷神怡。按照我国"二十四节气"的说法，以立夏为夏季的开始，也就是说，从这天起，我就开始了我的夏季爬山锻炼活动。想想整整10年的爬山锻炼，又想想爬山锻炼让我受益匪浅，既强健了体魄，又陶冶了情操，可谓好处多多。

不知不觉我又修剪了好多槐树拐枝，脸上也挂满了汗珠。看着散落一地的树枝，我就像一个打了胜仗的将军一样露出了满意的笑容。是啊，当今世界，生态文明和绿色环保已成为共同关注的主题。生态文明是人类继原始文明、农业文明、工业文明后的新型文明。推进生态文明建设，是涉及生产方式和生活方式根本性变革的战略任务，要求我们从文明进步的高度认识和加强环境保护，并将环境保护作为生态文明建设的攻坚方向。加强环境保护是推进生态文明建设的重要支撑，是生态文明建设的主阵地和根本措施。推进生态文明建设要求实现人、自然、社会和谐发展，因而环境保护既是生态文明建设的具体途径，也是生态文明建设的重要体现。加强环境保护，不断改善人类生存环境，可以有力提升生态文明意识、推进生态文明建设。党的十八大及十八届三中全会都把生态文明建设提升到衡量中国是否美丽的高度，我们延安早就确立了建设"生态延安"的奋斗目标。生态好坏，人人有责。这就要求我们，自觉地从自己做起，从身边做起，拯救蓝天白云，拯救绿山碧水，努力打造宜居环境，为建设"生态延安"贡献一分力量。

退耕还林以来，延安的生态环境得到很大改善，山上的槐树更是长得枝繁叶茂，可是没人护理。为了修剪树木，为了家乡变绿变美，自己流了多少汗，受了多少伤，流了多少血，只有自己知道。这些都不要紧，最受不了的是别人的不解，且冷嘲热讽，甚至侮辱小觑冠以"神经病"。然而不能因为受了这些委屈，自己就知难而退，不为家乡修剪树木，不为家乡变绿变美作贡献。我这样无偿修剪树枝，让树木长得端端正正，郁郁葱葱，使自己生活的环境变得又绿又美，也算为家乡变绿变美略尽绵薄之力。我们常常讲爱祖国，爱人民，可是一个人连家乡也不热爱，连家乡的生态环境的好坏也漠不关心，能谈得上爱祖国，爱人民吗？只有默默给家乡的生态环境的改善做一些力所能及的事情，默默给家乡无私奉献，这才是对家乡真正的爱。

和煦的暖风熏得人心醉，含苞欲放的槐树舒展着绿色的枝条，澄澈的河水铺呈出一幅柔美的风景画卷。倚靠着一尘不染的树干，深呼吸，顿感沁人心脾的清新涌入肺腑。一片明净而美好的景色笼罩着安详的山野，一直伸向远方的地平线，几朵白云向天际飘散。生活，其实一直很美好。

# 回眸府谷

　　至今没有忘记离开府谷的那一刻，对府州古城一步三回头的顾盼，仿佛心里已经装满了黄河水的柔情，又好像留在古城的不是我轻轻的脚步声，而是一串儿不经意间，散落在古老城墙与街巷的沧桑与厚重。

　　在我的记忆中，府州古城和折家将、杨家将有着紧密联系。小时候，是戏剧《百岁挂帅》让我知道了出生于府谷的佘太君。所以，向往府谷由来已久。其实，府谷并不遥远，离我的家乡很近；也不荒蛮，山山水水之间，一座苍老而秀丽的山城坐落在黄河之滨。是黄河滋养着府谷古城，是黄河养育了府谷儿女。自东向西，一条清清亮亮的黄河缓缓悠悠地划过，紧贴着错落有致的高楼，紧贴着古色古香的荣河书院，紧贴着娇俏玲珑的文庙，紧贴着鲜血浸染的府州古城墙……

　　漫步府州城，遗落在各条街巷上古朴的四合院，饱含着老府谷风情，斜阳草树，寻常巷陌，仿佛还能听到昔日的叫卖声，铺满青石头的街道，磨得光光滑滑，清晰地勾勒出当年步履匆忙的痕迹，高大门头上耕读持家的匾额，折射着府州城的人文素养。

历史的风云，沧桑的岁月，演绎了多少可歌可泣的英雄故事。府谷，一个并不大的山城，各类名人在不同时代竞相涌出，这种人才涌流的现象在中国地方史上并不多见。这绝对不是一种偶然，而是一种人才涌动的必然。府州古城最为辉煌的历史发生在宋朝，就是折家将的传奇故事。唐末和五代十国是中国历史上最为混乱的时期，府州为边界要塞，也是英雄辈出的地方。折家在其在府谷的立祖人折华的带领下，选中府谷孤山作为风水宝地，在乱世中强势崛起，经折宗本、折嗣伦奠定了世居府谷的基业。以后连出八代名将，他们的辈分排行如下："从，德，御，惟，继，克，可，彦"，如星光闪烁，涌现出折从阮、折德扆、折（余）赛花、折御卿、折惟昌、折继闵、折可存、折彦质等名将，他们的事迹可歌可泣，是宋代战争史上的奇迹。

出北门，沿城西侧深沟而下，至城南偏西脚下，有清乾隆年间所建之"荣河书院"。府谷自有了这所书院，人文日蔚，贤达层出。从这里走出去参加革命的人，在中华人民共和国成立后，有不少担任了省部级领导，还有不少成了著名学者和文化名流。荣河书院功莫大焉！书院雕栏玉砌，朱门碧瓦，翠松环抱，临河筑一高台，上建阁楼，卓然临空，与书院间贯以虹桥。得暇携二三子登斯楼也，则黄河横卧，白浪凝雪，古树垂荫，把酒临风，品茗吟句，不亦惬意乎！

府谷折家将忠烈报国的精神一直被后人传颂，尤其值得赞颂的是这种精神最终摆脱了地域之限和民俗之绊，融入中华民族的大义之中，上升到更高的境界——为国为民舍生取义，血荐轩辕，催生了一些惊天地泣鬼神的历史大事件。

抗战时期，府谷地处陕西御敌前线，它与山西保德一河之隔，为了保卫这座塞上城垣，在该城下的黄河东西两岸，曾经历了几次守城夺城的血火之浴。

在某一个血色的黄昏，我登临府州古城，在一个垛口，我有过短暂的伫立和眺望，试图想象当年角鼓长鸣、火炬传警的画面，但跃入眼帘的尽是在黄河边跳广场舞的舞者以及熙熙攘攘在黄河边休闲浪漫的人群。

府谷的浪漫是从石山梁上吹来的一袭带着古朴清香的晚风，所有的浪漫都浸泡在府谷的夜里。府谷的夜宛若一缸醇香馥郁的老酒，夜色总是最先从黄河边的河滨公园弥漫开去。入夜时分，河滨公园华灯初上，游人如织，总是年复一年地演绎着"灯光夜夜多如月"的小夜曲，府谷的夜随着人流攒动，跟着河水荡漾。

离开府谷时，听着黄河的阵阵涛声，回味着在府谷的点点滴滴，我把自己的留恋抛洒在古城的最后一瞥里。

# 雨中登古寨

几日来，秋雨绵绵，飘飘洒洒，淋漓酣畅。眼前的秋雨，小如针尖，细如牛毛，淅淅沥沥，如泣如诉。迎着萧瑟秋风，沐浴着秋雨的洗礼，我踏上前往古寨的路，抑或是兴趣所致，想借古寨之高，瞰秋雨高原之貌，不知不觉竟沿着台阶，拾级而上，信步来到了古寨。

这个古寨叫南丰寨，位于子洲县城东南 5 公里的苗家坪镇南丰山之巅，大理河从山下蜿蜒而过。当地人传说，古寨最初仅有一座古庙，后来周边村民为了避战乱、防盗贼和土匪，便在山的四周修筑了石窑、土窑百余孔，城墙 1200 余米，久而久之，便形成寨堡城池。南丰山北临大理河，南依印子山，驼耳巷、周圪崂沟二水如带，自东西两侧夹山而出，汇入大理河。"文化大革命"中，南丰寨的乐楼、旗杆、塑像、壁画均遭破坏，碑碣也十有九毁，因而今人不知晓山寺为何时所建。初建时期，根据一些残碑断碣的记载，应在汉初之前，那生长了近千年的参天古柏就是最好的见证。

细细的秋雨，如多情的女子，拨动着琴弦，低吟浅唱，似在诉说着秋水长天，又似在传唱春华秋实，如烟似雾，千丝万缕，袅袅炊烟般缭绕，缥缈如春雨一样迷蒙。翻开历史尘封的记忆，追述古寨风云之岁月。这里曾召开的南丰寨会议，在中国革命史上写下了浓墨重彩的一笔。参加会议的焦维炽、杨国栋和赵通儒都是子长人，和我是老乡。也许是下雨的缘故吧！古寨一改往日的热闹，有些冷清。今天，在细雨霏霏中，也许是心由境生，心头突然浮现出了李健吾先生写的《雨中登泰山》一文。在萧萧的秋风秋雨抚摸下，古寨已没有了前些日子的翠绿如茵。"霜叶红于二月花"，绿叶大部分变成了黄红色，看上去是那样的美丽。层林尽染，在茫茫的雨雾中，像一片火海，透出一种艳丽无瑕的红润之美。一片片棱角分明的落叶，不时划出一道道弧线，飘飘扬扬洒落在地面上。轻风吹动，叶子们缓缓地滚动，一颗颗晶莹的雨珠滚落而下，落入泥土，没有凋零的悲怆，依然充盈着旺盛的生命力，仿佛要留下最动人的风采和拼搏向上的精神，这不正是我们所追寻的革命烈士的那种革命精神吗？

依塔而望，婆娑的秋雨，从深邃的天空款款而来，不急不慢，悠闲自在。凝视着晶莹细小的雨线，似银丝般织成串串珠帘挂在窗前，装饰着窗户。透过细密的雨林，穿越山色迷蒙，享受细雨长天，秋雨更加的清秀俊俏了。醉在秋雨里，享受着雨的情趣。其实我更是倾慕古寨秋雨，可以呼吸新鲜空气，洗涤浮躁心灵。虽有些凄婉萧条，寒秋使然，但那才是秋雨。

# 秋意绥德

碧云天，黄叶地，塞上秋来风光美。适逢国庆放假，我们慕名来到陕北的绥德。

绥德地处陕北腹地，是大理河和无定河交汇之处，也是太（原）银（川）公路和西（安）包（头）公路交汇之处，为陕北交通枢纽，自古为兵家必争之地。绥德历史悠久，人文荟萃，旧称"上郡古邑"，素有"天下名州""秦汉名邦"、陕北"旱码头"之美誉。绥德出名人，绥德的汉子更是出名。

当我站在绥德城的制高点疏属山上，扶苏墓、扶苏祠近在眼前。萧瑟秋风无遮无拦地向我吹来，呜呜咽咽，如泣如诉，我的心灵在感受着地老天荒与古今沧桑。

扶苏墓呈长方形，长约30米，宽6米，高约8米，有一新一旧两块墓碑。墓区为黄色土壤，长着松、柏、槐等树木。如果没有标识，估计没人知晓这山岗上的"一抔黄土"有什么特别之处。

凭吊扶苏，没法不感叹历史的变幻。秦王扫六合，一统天下，建立强大的秦帝国，却没有及时从"马上得天下"转移到"马下治天下"，没有及时休养生息，发展生产，他整天带着浩浩荡荡的队伍在全国大游行，宣示赫赫武功。对持不同政见者，不是杀就是贬，"焚书坑儒"是秦帝国的一大公案。接班人太子扶苏对此深感忧虑，提出要施仁政，秦始皇就把他下放到北疆蒙恬处当监军，既有处分的意思，也有"以观后效"的意图。绕过扶苏墓，山头那边是扶苏祠，祠里空空荡荡，听说准备要整修。山顶上有一座亭，人称八角楼，民间又称"太子冢"。从上往下看，可以俯瞰绥德城。有人指点，对面山脚下是蒙恬将军墓，传说他是用毛笔书写的第一人。

扶苏墓的下边不远处挂着"绥德博物馆"的牌子，再往下走几步是规模可观的陕西绥德汉画像石博物馆。走进石博馆，一座古墓出现在我们面前，墓上的雕刻画清晰可见。这是绥德县辛店乡延家岔一号墓的1/4模型。

与石博馆紧邻的是绥德革命历史纪念馆，王震将军的办公室及他家住过的房间还在，墙上还有他和夫人、儿子的照片，勇猛的王震将军也有"回眸时看小於菟"的柔情一面。当时绥德是延安的北大门，担负着阻击日军西渡黄河、反击国民党顽固派挑衅的重担。革命纪念馆前并排站立3尊雕像，绥德人民没有忘记他们的功绩。

登临疏属山，城郊景象尽收眼底。二水绕城，六山拱围，十桥连郊，五峰争拔，四道畅通，千狮卧波。东有龙洞清流，飞珠撒玉；南有石坊矗立，雄伟壮丽；西有雕山耸云，险峻陡峭；北有月台临岩，旖旎幽静。

好是一番秋意兴浓，硕果累累。今夜的灯火璀璨绚丽，刺破了夜的肌肤，带着千年梦想飞向美好的明天。

# 拜谒安吴堡和于右任故居

前段时间热播的电视连续剧《那年花开月正圆》，以陕西省泾阳县安吴堡吴氏家族的史实为背景，讲述了清末陕西女首富周莹跌宕起伏的人生故事，让我对陕西泾阳县的安吴堡充满了好奇。正好有一文友送我一本讲述周莹故事的《安吴商妇》一书，读完之后，更坚定了去安吴堡看看的信念。

来到安吴堡，正是"草长莺飞二月天，拂堤杨柳醉春烟"的时候。然而，往事如烟，物是人非，让我大失所望。在安吴堡，除了看到周莹留下的不失当年豪华气派的吴家大院外，看不到周莹的一点儿影子，甚至没有有关她的一点儿介绍，看到的只是一块挂有"安吴青年训练班纪念馆"的牌匾和有关训练班的历史图片。

其实，完全可以介绍、宣传一下周莹。安吴寡妇周莹是秦商中能够与红顶商人胡雪岩比肩的传奇人物，她足不出户就将一个行将倒闭的"商业大厦"建成"商业帝国"，生意遍及全国。周莹生于清同治七年（1868），死于清宣统二年（1910）。其间发生在陕西的战乱与自然灾害，致使大批秦商在故土陷入"家产荡然，不能重整口岸"的经济急剧衰落颓势，而周莹又是公死夫亡，可谓内忧外患。她凭借自己的大智大勇，不仅使吴家度过了重重危机，而且将吴家打造成了一个庞大的"商业帝国"。称其为传奇性的"商霸"，绝非溢美之词。

在慈禧西逃之前，光绪十一年（1885），周莹就曾经为复修颓圮的泾阳县文庙捐银4万余两，被朝廷封为"二品夫人"。庚子年慈禧逃到西安后，据《重修泾阳县志》记载，当时天下大饥，周莹命养子吴怀先（字念昔）"赴行在，捐十万金助赈，奉旨赏给一品夫人。念昔亦由郎中赏道员并戴花翎，秩二品。"不仅如此，周莹还被慈禧太后认作义女，并得到一块"御笔亲书'护国夫人'的金字牌匾"。

周莹在乡里乐善好施，是渭北远近闻名的"活菩萨"。她捐助银子在泾阳城打了几十眼深井，解决了2万多口人、数千头牲畜的用水困难，随后，又把原郑白渠引进高陵县和泾阳接壤的地方，在泽泊处挖出排水渠，引地下盐碱积水入渭河，降低了地下水位，减少了盐碱侵蚀。周莹死后，受她恩泽的乡邻，便在渠岸择地修了一座庙，将她供为水娘娘。

当前，在建设"一带一路"、重振秦商的热潮中，缅怀义商周莹和她的吴氏"商业帝国"有着历史和现实的双重意义。周莹留给我们的不仅仅是陕西省图书馆那奢华的屏风、泾阳最具文化底蕴的文庙建筑、泾阳安吴镇安吴堡村至今也不落伍的辉煌建筑群，以及泾阳茯砖茶、蓼花糖、棉布等商品，更重要的是不畏艰难、贯通东西、纵横天下、诚实守信、助纾国难、造福桑梓、乐善好施的秦商（即西商）精神。

发现安吴堡与位于三原县城的于右任故居不远，遂决定瞻仰。正好有一私家车回三原县城，与司机谈好价为20元，司机把我一直送到于右任故居门口。

故居位于三原县城西关斗口巷5号，进了故居大门，院子中央立有一尊于右任先生的全身铜像。于先生面目慈祥，美须飘然。故居内有两个院落，西院是其养母房太夫人居住的厢房，青砖瓦舍，古朴雅致，现开设了两个展厅，分别为于右任生平事迹展和当代名人字画展。北院是先生居住过的"三间老屋一株槐"的院子，600多年的古槐树依然枝繁叶茂、郁郁葱葱。这就是于右任先生在《我的青少年时期》中一首诗描写的景况："堂后古槐更着花，堂前风静树荫斜。三间老屋今犹昔，愧对流亡说破家。"古槐树下三间老屋中有一间为于右任先生的卧室。

早知道于右任的大名，看了于右任生平事迹展，更加深了我对他的了解。于右任（1879—1964）是中国近现代政治家、教育家、书法家，早年是同盟会成员，长年在国民政府担任高级官员，同时也是中国近代书法家，是复旦大学、上海大学、国立西北农林专科学校（今西北农林科技大学）的创办人。他是国民党元老、民主革命家、著名诗人，同时也是一代书法大师，被誉为"当代草圣"。他一生爱祖国、爱人民、爱故乡，兴水利、建农场、办学校，护持民族文化遗产，深受海内外崇仰。1949年先生去台湾后，思念亲人，期盼国家统一。1962年1月24日，在一夜未眠之后，思乡之苦、郁闷之情终于在晨光曦微中凝结成一位耄耋老人痛彻骨髓的血泪呼号。


葬我于高山之上兮，望我大陆；
大陆不可见兮，只有痛哭！
葬我于高山之上兮，望我故乡；
故乡不可见兮，永不能忘！
天苍苍，野茫茫；
山之上，国有殇！


这血泪涌注，情激山河的千古绝唱，满怀同胞分离，咫尺天涯的悲愤！哀痛游子久别，急切归来的倾诉！期盼中华民族炎黄儿女欢聚一家的呼唤！爱国爱乡，情深意切，摧肝裂腹。凄怆恸人的哀歌《望大陆》（又名《国殇》），很快在海内外传播，触动了两岸无数同胞和海外华人爱国思乡的情怀。两年后的 1964 年 11 月 10 日，于右任先生病逝于台北，享年 86 岁。

　　漫步三原的古龙桥，我想，周莹一定走过龙桥。因为那时，古龙桥是连接三原县南北两城的唯一通道。吴宓，当年就读于三原北城的宏道书院，喜爱读书的他一定会漫步清峪河畔，吟诗诵读，如痴如醉。他的脚，也一定触摸过龙桥上的石条，踩过那些铺路的石磨盘。古龙桥，必是他生命里的一片记忆。还有，同读于此的于右任，一曲《望大陆》，那深刻于心的故乡声色里一定有古龙桥的身影。龙桥那些圆润、生动的石刻，也许就是他书法里饱含的灵性。

# 探访唐大明宫遗址

盛夏，西安热得让我这个陕北人实在受不了，办完事，决定启程回家。在西安火车站准备乘车回陕北前，我在地图上看到唐大明宫遗址离火车站不远，此时离发车还有几个小时，于是决定去看看。对唐大明宫遗址的兴趣，源于几年前热播的电视剧《大明宫词》。该剧围绕着唐朝太平公主讲述了武则天时代发生在大明宫内的宫廷斗争和恩怨情仇的故事，也使全国观众记住了大明宫。

唐大明宫遗址现在已是大明宫国家遗址公园，当年唐代的政令中枢所在、大唐帝国威严象征的正式皇宫，如今却是游人如织，再也不见往日的清寂、威严，让人不禁感慨"旧时王谢堂前燕，飞入寻常百姓家"。

大明宫遗址位于西安市北郊龙首原上，在唐代是长安城三大内宫之一。从高宗时起，唐朝历任帝王多在此听政，是 200 余年间唐代的政令中枢所在。大明宫平面略呈梯形，面积约 3.2 平方公里。始建于公元 634 年，建设初衷是唐太宗李世民在位时期为其父李渊修建的避暑行宫，但由于李渊的溘然长逝而被迫停工。公元 663 年，唐高宗李治下令将其扩建，大明宫不再只是一座离宫别殿，而是作为大唐帝国威严象征的正式皇宫出现，是唐王朝最为显赫壮丽的建筑群。宫墙周长约 7.6 公里，四面共有 11 座门，已探明的殿、台、楼、亭等基址有 40 余处。大明宫正门名丹凤门，正殿为含元殿。含元殿以北有宣政殿，宣政殿左右有中书、门下二省，及弘文、弘史二馆。此外，有别殿、亭、观等 30 余所。唐长安城大明宫遗址是 7—10 世纪丝绸之路东方起点都城的宫城遗址，位于亚洲东部关中盆地、唐长安城遗址北部，是丝绸之路鼎盛时期东方起点城市唐长安城的代表性遗存，见证了东方农耕文明发展鼎盛时期帝国的文明水平及其礼制文化特征，见证了唐帝国对丝绸之路鼎盛的重要推动。

大唐盛世，自是封建王朝辉煌宏大的巅峰时期，唐宫之行，便显得意义非凡了。唐大明宫址所留不多，缘于战乱，也缘于时光无情。李唐雄风，虽然我们现在已无缘得见，但所幸的是在大明宫丹凤门，当年大明宫的豪华壮丽还可见一斑。当年，万国来朝，众星拱之，那是何等荣耀。

大唐是张扬个性的时代，男子骑马，女子骑驴，球类游戏已是寻常。观唐仕女的服饰，华美、自由而热情。当年画家的浪漫思想，高超的技艺，以浓烈的色彩记录下唐仕女捣练之景，也是千古的美学范本。辉煌的大唐，缘何在后来轰然倒塌，这让人难以想象。盛极一时的中华文明，又为何只留下让人扼腕叹息而无法恢复？

走进博物馆，讲解员详细的讲解打开了一扇通往历史的大门，引领我们悄悄地漫游。沿着参观通道向前，大明宫城门挖掘遗迹突兀地出现在眼前。砂石、土堆、木桩；低矮，凋敝，沉重。曾几何时，它也是奢华高贵的化身，是强盛繁荣的象征。可如今，奢华的宫殿已不复存在，气派的大门已残败不堪，一千多年的岁月，磨平了精心雕刻的花纹，推倒了富丽堂皇的陈设。

一千多年后，我们讲到盛唐气象时不由自主地激情澎湃，心里是何等难以言表的自豪和骄傲。历史虽已过往，却能够给未来注入神秘而新鲜的动力。心怀对过去的认同与向往，心怀对盛世的依恋与憧憬，活在当下的我们，才会把这一脉相承的情结转化为勤奋踏实的动力，为盛世的复兴添砖加瓦。我仿佛看见，木桩快速地伸长，向上直插云霄，砂石一堆堆聚集起来，形成坚固的外墙；雕梁画栋的立柱，奢华典雅的陈设，从历史的隐约变成真实；服侍的宫女娴静优雅，演奏的乐师专注沉稳，蹁跹的舞女身姿曼妙，进贡的使者络绎不绝。我仿佛走进了大唐，那个远方的家乡，聆听它对后世子孙的谆谆教导。

走出博物馆，天空蔚蓝深邃如湖面，是否与千年前的色彩一样？大唐在彼岸，我唯有窥视这笼盖四野的湖面，偷赏人类历代文化在此岸的倒影。我并非顽固的泥古主义者，万古苍茫，今人揭衣欲渡。历史是单程旅途，总令人分外珍惜。在岁月的浊浪滔滔而去后，后人是否也会狂饮几经历史蒸馏的酒，盛赞我们的时代有味？微风与我擦肩而过，这风，千年前曾翻阅贞观之治，曾见证马嵬驿之变，曾吟诵过大唐诗文，今日也正吹起我的头发，挟我的唐梦而去。

旅行和读书其实是一回事。不必非要跑到很远的地方去，在我们附近很可能就能有一段非常精彩的旅行，也可以作一次非常精彩的阅读。到大明宫遗址去看看，是不是旅行？是一次旅行；是不是一次阅读？也是一次阅读。因为你要读它的整个故事，否则遗址就是遗址，光看遗址又有什么意义？

你如果不知道那个故事，你如果没有读过那段历史，去一个地方旅行是没有意义的。所以古人说"读万卷书，行万里路"，读万卷书使你知道很多的事情，然后你再去行万里路印证这些事情。如果你没有读万卷书，那么你去到那个地方大概也很少会有感动。

我感恩这来自远方沧桑的赠予，驼铃声声，尘土飞扬。先人筑成的血汗功业，在这片土地上，从有形到无形，化为一支空灵浅吟的灵魂之歌，依然回声袅袅，余音不绝。而今人实现中华民族伟大复兴的中国梦，正是来自时空长河另一端的遥远而真挚的应和。

# 那逝去的夏日

今年夏天出奇的热，真让人慨叹环境恶化之快。一天晚上，房子里热得像蒸笼似的，我实在受不了，就上楼顶乘凉。

天上漂浮着一层白云，间或有一片乌云。望着朦胧的一轮孤月，想想自己已到不惑之年，却一事无成，事事失意，不知怎么，一股凄凉、孤独、寂寞的心情猛然涌向百无聊赖的我。唉，人活着有什么意思？人活着太累了，我真想立刻死去，并似乎找到了"吾欲乘风归去"的感觉。什么金钱、地位、名誉，忽然间变得一文不值，且与我毫无关系。

想到死，我不由得想起两年前的夏天——那个发生了震惊中外的汶川大地震、死了好多人的夏天。那个逝去的夏天的一幕幕又浮现在我的眼前。

那年，立夏那天的早晨 5 点多，我就去爬山了。此时，天已大亮。在路上，我想我们祖先创立的二十四节气，充分说明了我们祖先的聪明。比如立夏这个节气，表示天气进入夏天了，已经有了夏天的味道。《现代汉语词典》中说，立夏是二十四节气之一，在 5 月 5、6 或 7 日。我国习惯上以立夏为夏季的开始。

这天,"五一"刚过去4天。"五一"放假3天,我哪儿都没去。可是,我也没闲着,天天去爬山,忙得不亦乐乎。因为爬山能让人忘记一切烦忧;还能让人乐观豁达,笑对一切;昂首挺胸,笑傲人生;沉着冷静,稳重成熟;淡泊宁静,顺其自然。爬山练书法,填词写散文,已经成为我生活的一部分。我已充分感受到爬山的好处,既可以陶冶情操,又可以强身健体,真可谓一举两得。

站在高山之巅,只见秀延河像一条玉带似的穿城而过,县城里林立的高楼大厦、七楞山上的亭台楼阁和齐家湾山上的古烽火台,历史与现实交织在一起,构成一幅美丽的山水画。啊,可爱的家乡,我走到哪里都不如在你的怀抱中感到安全和快乐,你就像一位母亲在保护着自己的儿女,并给儿女带来无穷的快乐。家乡如此美丽,还应到外地去旅游?"好出门不如歪在家",出去旅游,旅途劳顿不说,还吃不习惯睡不好,简直是一种痛苦。唯有在家乡,才没有这种痛苦。望着家乡秀丽的风景,我不由得想起了我们的陕北民歌《哪哒哒也不如咱这山沟沟好》。此时,柳絮飞扬,草木青翠,虽然还不茂盛,不郁郁葱葱,但也绿得可爱。满山黄色的野花盛开,燕子飞来飞去,不时有美丽的蝴蝶在翩翩飞舞。枣树刚吐出嫩绿的叶子,槐树花含苞欲放;杜梨花已凋谢了,结上了米粒大小的果实;杏树也不甘落后,结上了玉米粒大小的果实;还有桃树花、苹果树花和梨树花等也落了,也结上了小小的果实。

过了几天,我再次来到山上。槐花正开得欢,漫山遍野的,煞是好看。真是山气日夕佳,槐花格外香,再加上黄色的野花遍地开,简直构成了一幅万物竞芬芳的图画。

一天傍晚,我和妻子在楼顶上散步,满山白花花的槐花香气直扑鼻。圆圆的、亮亮的月亮挂在南边的天空上,不由得让人想起了唐代大诗人张若虚在《春江花月夜》中的诗句:"江天一色无纤尘,皎皎空中孤月轮。"虽然是夏天，可是孤月轮是一样的。

　　夏天如此可爱，难怪古人也钟爱夏天。唐代大诗人杜甫吟咏道："清江一曲抱村流，长夏江村事事幽。""仲夏苦夜短，开轩纳微凉。"宋代大诗人杨万里也多次描写了夏天的景象，如在《宿新市徐公店》里写道："篱落疏疏一径深，树头花落未成阴。儿童急走追黄蝶，飞入菜花无处寻。"这是在描写暮春初夏的景象。还有"接天莲叶无穷碧，映日荷花别样红""小荷才露尖尖角，早有蜻蜓立上头"等，可见他对夏天的喜爱。宋代大文学家司马光在《客中初夏》中写道："四月清和雨乍晴，南山当户转分明。更无柳絮因风起，惟有葵花向日倾。"宋代大文学家王安石在《初夏即事》中写道："晴日暖风生麦气，绿阴幽草胜花时。"宋代诗人陆游在《幽居初夏》中写道："湖山胜处放翁家，槐树阴中野径斜。水满有时观下鹭，草深无处不鸣蛙。箨龙已过头番笋，木笔犹开第一花。叹息老来交旧尽，睡来谁共午瓯茶。"

　　小满过后几天，槐花就落了，白花花地铺了一地，槐树上偶尔有一两朵花也已经是"落日白花"。时光像流水一样快，不知不觉就到了芒种。芒种那天，我在刚能看到对面楼上蓝色的及灰色的瓷砖的时候，就又去爬山了。那天天气可人，蓝蓝的天上飘着几朵白云，树木成荫，草木茂盛。路上，看到枣树开花了；当然，山中的酸枣树也开花了。

　　夏至过后，天气越来越热了，偏偏我的生日也到了。我满37周岁了。37年，弹指一挥间；37年，又发生了多少事情？幼儿时期，在家玩耍；接着在家乡上了5年小学，在杨中上了6年中学，补习2年后，在西安上了4年大学；一晃就在物价局工作了13年时间，这期间结婚、生女、买房，真是恍若梦境，又历历在目。想起以前年少轻狂的我，就不由得汗颜发笑。我大概再能工作10年吧，时间真是白驹过隙啊！想想自己也太无能，生意不会做，学识又一般，高不成，低不就，文不能文，武不能武。生日那天，小舅子给我发来短信：祝姐夫生日快乐。感动之余，决定在这炎热的夏季吃一回火锅。我已好长时间没吃了，趁这个日子，一家人在一起热闹一下。吃罢火锅，我们决定去看"挑担"。他病了，刚从北京休养回来。看着"挑担"吃饭、穿衣吃力的样子，我们一阵心酸。看来，平安健康就是福啊！哪里去找福？原来福就在自己身上，自己又平安，又健康，吃穿住不用发愁，难道不是幸福的吗？比起死去的人，自己也是幸福的。自己可要珍惜幸福生活呀，不能折自己的福气！

夏天真美啊！打碗碗花遍地开，山丹丹花红艳艳；庄稼长势真喜人，各种水果渐上市……

生日过后几天，就到了小暑。那天凌晨5点18分，天刚亮，我就迅速地上山去看日出。刚开始，天边的云红红的，太阳慢慢地露出了头。一转眼，鲜红的太阳跳出来，射出万丈霞光。白雾漂浮山峦间，云蒸霞蔚似仙境。我又迎来了新的一天，开始了新的征程。要知道，我已经年近不惑了。人啊，不管是穷是富，发达不发达，只要平安、健康、快乐就好。以前的路，走得好也罢，歪也罢，都过去了，但愿走好以后的路足矣。"夏满芒夏暑相连"，到了大暑，天气更热了，男人一律背心裤头，女人一律赤脚短裙。下一个节气就是立秋了，同时这一天也为中国的传统情人节——七夕节。立秋预示着夏天即将过去，秋天即将来临。立秋后虽然暑气一时难消，并且会有"秋老虎"的余威，但总的趋势是天气逐渐变得凉爽起来。立秋后的第二天，世界盛会——北京奥运会也开幕了。

经过回想那逝去的夏日，特别是想到汶川大地震中遇难了那么多人，他们再也见不到日月，再也见不到青山绿水，再也见不到亲人了，我真为自己的自私、懦弱和糊涂而悲哀。望着不怎么明亮的月亮，我忽然觉得活着真好。是啊，人死不能复生，自己应该珍惜生命！假如我死了，地球照样转，人们照样要为生活奔波，决不会因为我的死亡而有任何改变。

又是一年夏天到，草木茂盛鲜花多。春华秋实是离不开夏天的。今年夏天，自己一定要使出浑身解数，竭尽全部力量，释放最大能量，争取最大成绩；日日踏实干事，莫使青春虚度。

## 又是一年春来到

正月刚过，在渭南做煤炭生意的妻表弟打来电话，让我和他一块儿做生意。我不禁想，难道今年是我的转运年，发财的机会来了？！

妻表弟生意做得可以，我决定去渭南看一看。正好妻表弟要在横山拉一车煤，于是他把款打在我的账号上，让我帮他去横山拉上煤后来渭南。天刚亮，迎着不怎么寒冷的春风，我和两个司机（路长，两个司机要轮流开车）、一个学徒就上路了。此时是仲春，陕北一片枯黄，还没有绿色。不过，山上的草木都好像准备好了即将复活。经过一路颠簸，我们终于来到了横山的东方红煤矿。装煤的时候，由于匆忙，我把手机也丢了，真是出师未捷。又经过一路颠簸，第二天近中午，我们终于来到了渭南的大荔。卸煤后，妻表弟开车把我拉到了渭南市转了半天。我边看渭南市的风景，边和妻表弟了解渭南煤炭生意的情况。晚上睡下后，我辗转反侧。夜很深了，我还不能入睡，生怕投资煤炭生意失败，不知到了什么时候才睡着。

一觉醒来，天已大亮，真是"春眠不觉晓，处处闻啼鸟"。饭后，妻表弟开车送我坐上开往西安火车站的客车后挥手离去。关中平原一马平川，麦子约有一两指高，长得绿油油的；桃花、杏花正在开放，一片粉红；柳树已经吐穗，青翠可爱。我们陕北和关中的风景大不相同：桃花、杏花只是泛起了疙瘩；柳树也只是树梢上有点儿泛黄，还没有发绿。

来到西安火车站，已是中午。等火车时，闲得无事，买来几份报纸翻看：卫生部肯定"子长医改"模式，延安全面推广"子长经验"；特别是看了两岸的清华大学明年（2011年4月29日）将合办百年校庆活动的报道，我的眼睛不禁湿润了。

今年我已经40岁了，是我的不惑之年。我应该把自己灵魂深处那些肮脏的东西打扫得干干净净，堂堂正正做人，踏踏实实干事；多一份理性成熟，少一份幼稚天真；多一份淡泊从容，少一份名利思想；多一份亲情关怀，少一份钱财观念。自己也老大不小了，再不能天马行空的胡思乱想了！应锻炼好身体，照顾好老人，关爱好妻子，培养好孩子，维护好家庭。做到这"五好"，才是我这样年龄的人应有的风范。一言以蔽之，就是先做人，后干事，还要大干苦干，创出不凡事业。

啊，又是一年春来到……

第四辑　华夏览胜

# 天下黄河一壶收

我早已倾慕天下闻名的黄河壶口瀑布，却因种种缘由未能成行。今年夏初，我专门去欣赏了千姿百态、壮观无比的壶口瀑布，让我第一次亲临黄河壶口瀑布就领略了它声如雷鸣、气势壮观、排山倒海的独特雄姿。

站在壶口，看黄河犹如万匹脱缰的野马，风驰电掣地从身边呼啸而过，一时间惊涛拍岸，浊浪排空，涛声雷鸣，云雾迷蒙，平地卷起一阵飓风，仿佛一不留神你就会被飓风卷走，真就是"天下黄河一壶收""十里河滩闻惊宙"，很眩很震撼。"天下黄河一壶收"，这词不知道是谁想象出来的，神来之笔，令人叫绝。明代有位诗人写《壶口》一诗赞道："源出昆仑衍大流，玉关九转一壶收。双腾虹浅直冲斗，三鼓鲸鳞敢负舟。"

壶口瀑布是一个天然瀑布，位于陕西省宜川县和山西省吉县之间的秦晋大峡谷河段，素有"金瀑"之美誉，在中国是仅次于贵州省黄果树瀑布的第二大瀑布。瀑布两岸苍山巍巍，危石突兀，雄浑古朴。没有尼亚加拉大瀑布的张扬外向，没有黄果树瀑布的钟灵毓秀。壶口瀑流翻江倒海，摄人魂魄，如狮吼，如惊雷，汹涌而澎湃；又如陕北悲情的信天游，酣畅淋漓的秦腔，原始而豪放。瀑布将红尘往事，涤荡一空，心灵一如翡翠般透明，纵有万千不如意事，尽可付诸滔滔。"吐吞万壑百川浩，出纳千流九曲雄；水底有龙掀巨浪，岸旁无雨挂长虹。"黄河流域内有众多的名山峻峡，雄险深邃，动人心魄。滚滚黄河从舒缓宽阔约400米的河水突然归束一槽，形成宽40余米，落差30余米的巨大瀑布，水势如同在巨大无比的壶中倾出，故名"壶口瀑布"。《尚书·禹贡》中曰："盖河漩涡，如一壶然"。相传大禹治水，凿石引流，先壶口，次孟门，后龙门，将洪水疏排下游。

走过宽阔的河滩，人可以与壶口瀑布非常近距离地接触。非汛期时节，稍有胆量的人可以沿着凹进石崖的一道被水冲刷的石槽绕到瀑布内，领略铺天盖地的洪流从头顶越过，那种惊涛骇浪的视觉体验，与《黄河大合唱》给人的精神洗礼一样荡气回肠。

黄河壶口瀑布有"雷首雨穴""万丈龙槽""彩桥通天"等种种奇观，还有孟门夜月、壶口冰桥等著名景点。从壶口瀑布往下3000米的河道中有一块巨大的奇石，人们称它为"孟门山"，河水至此就分成两路，从巨石两侧飞泻而过，然后又合流为一。这里又是人们观赏"孟门夜月"的地方。每当农历月半，夜临孟门，可见河底明月高悬。站北南观，水中明月分为两排飞舞而下；立南北望，水里明月合二为一迎面而来。每到冬季，黄河上游的水夹杂着大大小小的冰块涌至壶口，叠摞堆积起来，和石岸相平，形成了连接陕西、山西两省的"壶口冰桥"天然通道。景区内有唐太宗李世民带兵征战的挂甲山，宋元年间的坤柔圣母殿等，还有明清码头、同治长城、四铭碑亭、龙门飞渡、镇河神牛、旱地行船、梳妆台、古炮台、克难坡等自然和人文景观。

壶口瀑布不仅有"水底冒烟"的奇景，更有"旱地行船"之说。壶口瀑布落差大，加之瀑布下的深槽狭长幽深，水流湍急，给水上船只通行带来很大的困难。过去从壶口上游顺水下行的船只，不得不先在壶口上边至龙王庙处停靠，将货物全部御下船来，换用人担畜驮的方法沿着河岸运到下游码头，同时，靠人力将空船拉出水面，船下铺设圆形木杠，托着空船在河岸上滚动前进，到壶口下游水流较缓处，再将船放入水中，装上货物，继续下行，在岸上由人力拖船很费力气，常常需上百人拼命拉纤。尽管有一些圆形木杠，铺在船下滚动，但石质河岸上仍被船底的铁钉擦划得条痕累累。在当时的条件下，"旱地行船"可能是水上运输越过壶口瀑布的最佳选择，它与壶口瀑布上下比较平缓的石质河岸相适应。如今，由于公路、铁路的迅速延伸，以及壶口附近黄河大桥的修建，过去壶口的水上航运已停航多年，河岸上也仅可看到昔日行船时留下的痕迹。

壶口瀑布反复冲击所形成的水雾，升腾空中，使阳光发生折射而形成彩虹。彩虹有时呈弧形从天际插入水中，似长龙吸水；有时呈通直的彩带横在水面，像彩桥飞架；有时在浓烟腾雾中出现花团锦簇，五光十色，飘忽不定，扑朔迷离。霓虹戏水是"水底冒烟"与阳光共同作用的产物。春秋两季，水底冒烟，浓雾高悬，每遇晴天，阳光斜射，往往形成彩虹；夏日雨后天晴，有时也会出现彩虹。壶口瀑布还有"山飞海立""晴空洒雨""旱天惊雷""冰峰倒挂""十里龙槽""壶口秋风"等景观，一时半会儿是欣赏不完的，需要人们慢慢欣赏。

粗犷、深厚、庄严、豪放的黄河，是中华民族的象征；千姿百态，壮观无比的壶口瀑布则是黄河的代表。在这里，古今诗人和音乐家们奏出了一曲曲"黄河大合唱"，唱出了炎黄子孙的心声！抗日战争时期，革命诗人光未然，音乐家冼星海，就是在黄河壮丽景色的激励下，谱写出了《黄河大合唱》。"风在吼，马在叫，黄河在咆哮……"表达了中华民族万众一心、共御外侮的英雄气概，体现了中国人民自强不息、蓬勃向上的伟大精神，至今仍在鼓舞着我们。

1987年9月，黄河漂流队探险队员王来安乘坐着由40个汽车轮胎缠结成的密封舱，顺瀑布而下，揭开了人类在壶口体育探险的序幕，人称"黄河第一漂"。其后，天津勇士张志强在黄河大桥跳悬索，人称"中华第一跳"。1996年8月，河南人冯九山横跨壶口走钢缆，创下了高空走钢缆最长的世界吉尼斯纪录，被誉为"华夏第一走"。1997年6月1日，为迎接香港回归，"亚洲第一飞人"柯受良驾车飞越壶口，创下世界跨度最大的飞车世界纪录，被称为"世界第一飞"，中保财产保险有限公司的冠名巨幅广告被载入世界吉尼斯纪录大全，同时创造了另一项新的世界之最。1999年6月20日，山西吉县青年农民朱朝辉骑摩托车飞越壶口，又创下了新的奇迹。这些奇迹的创造，和壶口瀑布的惊世气魄相得益彰，使名景和名人的知名度急骤升高，吸引着越来越多的国内外专家、学者及游客到此观光、考察。

此时，黄河进入主汛期，往年黄河壶口瀑布都是浊浪滔天，而如今黄河水却一改往日混浊，清澈了许多，流量也明显变小。游人如织，人们尽情地在瀑布边拍照留念。古人说，黄河之水常年混浊，如果变得清澈则被视为祥瑞的征兆，也是比较罕见、难得的事情。昔日奔腾怒吼的金黄色大瀑布，如今十里龙槽显得格外平静，黄河上游呈现碧波流淌。这一现象为历年罕见，各地游客纷至沓来。黄河水变清应该与上游生态环境得到明显改善有关。而熟悉中国传统文化的人们，可从明代著名作家罗贯中的"普天有道圣人生，大地山川尽效灵。尘浊想应淘汰尽，黄河万里一时清"这首诗中，有另一番的感慨。千年难遇的奇观纷呈展现，真的是意味深长。黄河，中华民族的摇篮，悠悠历史中，它孕育了灿烂的华夏文明。黄河，中华民族的忧患，漫漫岁月里，它也带来过深重的灾难。治理黄河，历来是中华民族安民兴邦的大事。发源于青藏高原巴颜喀拉山的黄河，是中国第二大河，因含沙量大，水色浊黄而得名。黄河全长约5464公里，流经青海、四川、甘肃、宁夏、内蒙古、陕西、山西、河南、山东9个省（自治区），注入渤海。黄河是中华民族的"母亲河"。黄河流域，历史上同底格里斯和幼发拉底河流域、尼罗河流域、恒河流域齐名，是世界上著名的四大文明古国的发祥地之一。远古时期，这里气候湿润，水源丰富，土地肥沃，是我国经济文化发展最早的一个地区。早在远古时代，轩辕黄帝和他的部落就在这里开始创造中华文明。后来，由于种种原因，黄河变成了"九曲黄河万里沙"。水土流失，泥沙淤积，不仅使上、中游生态环境受到严重破坏，而且使下游河床越抬越高，成为历史上黄河决口泛滥的重要原因。但现在，黄河水又变清了，是不是寓意着中华的复兴呢？

黄河水变清，瀑布掀白浪。俯视河水入壶，悬流喷壁，雨雾迷蒙；仰望则滚滚黄河天际涌来，势如千山飞崩，四海翻腾。难怪"诗仙"李白惊呼："君不见黄河之水天上来，奔流到海不复回。"伫立在临近瀑布的一块被迷蒙水雾笼罩的巨石上，听轰鸣的涛声，看满目白浪排空，常有窒息眩晕之感；感受风挟水气铺头盖脸，弄得浑身湿透，倒也舒坦浪漫。

你若有缘，天气晴好，十之八九会有彩虹惊现，或长虹汲水，横跨秦晋，或若隐若现，如梦如幻，一时恍若置身仙境。明代陈维藩在《壶口秋风》中描写道："秋风卷起千层浪，晚日迎来万丈红。"冬季，平日里"湍势吼千牛"的壶口瀑布，在"冷静"中呈现出别样风情：黄河水从两岸形状各异的冰凌、层层叠叠的冰块中飞流直下，激起的水雾在阳光下映射出美丽的彩虹，瀑布下搭起美丽的冰桥，令人不禁慨叹大自然的鬼斧神工。可惜，今天天公不作美，云气氤氲，又是夏天，看不到这些景象了。

站在惊涛拍岸、浪花飞溅的壶口边，望着黄河这迅猛集聚、暴发、腾涌、飞溅的过程，我沉思良久。黄河遭遇大滑大落而激流勇进的气魄，跌宕成瀑而势不可挡的飞腾气势，不正是中华民族精神的生动写照吗？

"黄河落天走东海，万里写入胸怀间。"黄河，中华民族的"母亲河"，她奔腾汹涌的气势是中华民族精神的象征。她经过5000多公里的浩荡奔涌，最终汇入辽阔的大海；她历经160万年的沧桑巨变，一定会焕发青春，为中华民族造福。

# 靖边行

　　《走三边》这首流传甚广的陕北民歌，热情歌唱了三边（陕北的靖边、安边、定边）的富庶繁荣。作为陕北人，不走走三边，真可谓枉为陕北人。可惜由于时间关系，我们这次只去了靖边，安边和定边只好以后有机会再去。

　　深秋，枯衰的叶子悄无声息地飘落着，散散碎碎，层层叠叠，堆砌出一片浓浓的秋意斑斓，非常惹眼。秋色无边，层林尽染，浓浓的秋韵不似春光，胜似春光！从子长县城驾车出发，大约1个小时，我们就来到靖边境内。靖边是塞北名县，有"塞上小江南""陕北明珠"的美称。它以独特的优势、飞快地发展速度备受世人青睐，被誉为中国的"科威特"。

　　陕北的秋，总是在不知不觉中悄然来临。初秋，花团锦簇，热气袭人。到了深秋，却分明飘来了缕缕寒气，一夜间，花木凋零。雾霭笼着一层轻寒，浅浅的从额头拂过，钻入衣袖间，仿佛冬的影子已悄然而至。是不是当霜叶红了的时候，就预示着秋天的离殇？"鸟鸣山更幽"，几声鸟鸣，使四面环山的小河村显得格外宁静。

来到小河会议旧址，首先映入眼帘的是广场上模拟小河会议情景的大型领袖群雕。毛泽东站在中间，挥动着他那巨大的右手，正在侃侃而谈，发表着高瞻远瞩的见解，其他领袖则全神贯注地聆听着，又似乎正在激烈地讨论着。此情此景，让我的思绪又回到了解放战争时期党中央转战陕北的峥嵘岁月。

秋风萧瑟，呜呜咽咽，似乎在诉说着发生在这里的传奇故事。小河村还是以前的小河村，还和以前一样宁静美丽，只是如今物是人非，往事早已消散，给人们留下了无尽的思念。

我一直向往着黄土高原上有丹山碧水景观的龙洲丹霞地貌。深秋，我迎着清冷的风，走进了让我魂牵梦绕的龙洲丹霞地貌。

龙洲丹霞堪与美国西部波浪谷媲美，绵延几公里的丹霞地貌景观，被当地人称为"红沙峁"。20世纪80年代，在美国大峡谷中发现了波浪谷，神奇的外观和极高的科研价值使之成为世界八大岩石奇观之一。龙洲丹霞地貌自然景观公园位于陕西省靖边县城东南22公里处的龙洲乡，这里四面环山，龙洲盆地被苍山环抱，绿水萦绕，这里方圆百公里（主景区20余平方公里）被奇异的红砂岩地貌（地质学称丹霞地貌）所覆盖，是近年发现的一处集摄影、探险、旅游的绝佳胜地。

龙洲的红砂岩大都被厚重的黄土所覆盖，在经过数千万年的风吹和雨水的冲刷下显露出来，形成孤立的山峰和形态各异的奇岩怪石，砂岩上的纹路像波浪，被风雨侵蚀后"雕琢"成鬼斧神工般的雕像，有的像兽首，有的像流水，有的像云朵，有的像陀螺，向我们展示着这塞上丹霞的风采神韵，险峻处如刀劈斧砍的悬崖峭壁，怪石嶙峋，姿态万千，令人叹为观止。这里独特的地质构造加以瞬息万变的气候变化，尤其是在雨过天晴、朝阳升起、夕阳西落时，红砂岩的色泽更加鲜艳，而在雾中、雪后则更别具风采，从不同的角度、不同的时段下向人们展现出多幅美轮美奂的自然画卷，令众多的摄影爱好者、观光游览者趋之若鹜，具有非常大的旅游开发潜力。

丹霞峡谷中细腻均匀的红色细砂，让人可以脱掉鞋子行走。红砂岩被风沙雕蚀、被雨水打磨，形成诸多的奇特景象。在峡谷的西段，有一面布满"浮雕"的山崖，"浮雕"内容丰富，有在盘山路上行进的驼队，有宫廷乐队，有横刀立马的关公。峡谷的最西端，陡峭的壁崖形成一个封闭空间，站在幽暗的峡谷底部，头顶上的月牙形天空如同一面蓝色湖泊。峡谷的东端比较狭窄，多数地方需要手脚并用方能通过，越向东走越险峻、越狭窄，走到尽头，眼前豁然开朗，悬崖之下是一个四面被丹霞山围拢的盆地。盆地十分平坦，一条小溪蜿蜒其中，树木环绕，绿草如茵，野花摇曳。盆地南面的崖壁上形成大型的"浮雕群"，如同千军万马奔腾行进。盆地北面山坡上，一块块红砂岩突出山坡，如同群兽奔驰。整个盆地十分隐秘，在远处无法看到，盆地中的景致奇美，如同现实版的纳尼亚奇幻世界。

与国内众多的丹霞胜地相比，龙洲的水中丹霞美轮美奂，可谓独树一帜，国内罕见，堪称奇观。碧蓝的天空下，险峻的红色山崖围拢着水天一色的淡绿色湖泊，观者无不惊叹。红色山崖的影子，跌入碧绿的水面，形成一片黯淡的紫色，乘船行进其间，波浪推动山影，安静的山崖之上，乍然"哗啦啦"地飞出一群群飞鸟，人和船继续往画的深处行进，这种感受令人流连忘返。湖面东端有两处相对而立的山崖，高数十米，北面悬崖之上有几排排列整齐的山洞，据说是当年曾有土匪据守，如何凿出，又如何进出令人匪夷所思。

放眼望去，只见满目的赤壁丹崖似乎壮观的火烧云，又仿佛莹亮的红玉，令人想起唐朝诗人陆龟蒙的诗句"霞骨坚来玉自愁，琢成飞燕古钗头。"看着沐浴在秋日阳光下的美丽的丹霞地貌，任思绪飘向遥远的山峦，心情格外舒畅！天空瓦蓝瓦蓝的，秀美的湖水泛起层层涟漪，岸边起伏的群山在阳光的辉映下分外妖娆。一幅精美绝伦的风景画久久地吸引着我的目光、牵动着我的思绪。龙洲的丹霞地貌，如用文字来表达，仅有两个字，那就是"震撼"！其气势之磅礴、场面之壮观、造型之奇特、色彩之红艳，令人惊叹。大自然的鬼斧神工，使它不仅具有一般丹霞的奇、险，而且以它那层理交错的线条、灿烂夺目的壮美画图，形成一个彩色童话世界。

深秋的大漠上一片荒芜，远处的一座城池孤零零地立在地平线上。萧瑟的秋风将大漠吹得单调、枯燥，生命的迹象已经支离破碎。落日的余晖笼罩在大地上，几许人影被落日拉长，稀稀朗朗地伏在地面上，透着道不尽的悲凉。几棵秋草在瑟瑟的风中摇摆着，那枯瘦的身躯早与无边的荒漠融成了一种颜色。干黄的草叶终究没能逃过秋天那最后一抹苍凉的手，带着边城的孤寂飘向了殇逝。岁月在一声声哀叹中流走，剩下的只有那无边的乡愁在延伸。

沿着荒野里的白色城墙痕迹漫步，随手揪下一根草茎，走着，捻着，叼在嘴里，品咂微微青涩的荒野滋味。这座荒凉的古城池，除了荒凉，什么都没有。但我知道，就在这里，曾经繁华若锦。史书中的《统万城铭》中说："崇台霄峙，秀阙云亭，千榭连隅，万阁接屏……玄栋镂橄，若腾虹之扬眉；飞檐舒咢，似翔鹏之矫翼。"曾经，这里的宫殿、塔楼、哨岗、屋宇、商铺、寺庙、街道，生机勃勃，人们在城里熙来攘往，帝王在城台指点江山。而如今，什么也看不到了。

统万城为东晋时南匈奴贵族赫连勃勃建立的大夏国都城遗址，也是匈奴人在人类历史长河中留下的唯一一座都城遗址。因系赫连勃勃所建，故又称为赫连城。后来在北魏太武皇帝拓跋焘一统北方期间，统万城被攻克，从此设置为统万镇。统万城真正衰败的原因，其实是大自然的报复。人类无节制的垦荒破坏了生态，沙漠侵袭，城周围渐渐变得荒芜。最后促使它湮灭的，则是在几百年后的宋代。为了防御北方少数民族以统万城为跳板对中原进行侵扰，朝廷决定坚壁清野，将城中居民迁出，一把火烧了统万城。从此统万城变成一片废墟，被流沙淹埋。

回到史称"五胡十六国"的那一段中国历史上动荡的年代，历百年之久的多方厮杀，血光溃透了史书，生灵涂炭，民不聊生。但乱世出枭雄，其中有匈奴人刘勃勃，他是一个美男子，骁勇剽悍，足智多谋，但又生性残忍。在那个适者生存的年代，他杀出一片天地，自立为王，建"夏"国，称大单于，并弃用旧姓，自创了一个前所未有的姓氏——赫连，从此史书上就记下了赫连勃勃这个人物。赫连勃勃南征北战，鲜有败绩，有一天到了河套地区的契吴山一带（统万城以北），他见到此地风光，突然变得感性起来，留下了著名的赞叹："美哉斯阜，临广泽而带清流。吾行地多矣，未有若斯之美！"

　　赫连勃勃曾经攻下长安城，但他的伟绩，史册记载最为隆重的一笔，却是兴建统万城。古书上说统万城的城墙坚硬得可以用来磨斧子，城墙高得遮住城里一半阳光，登上城楼，就能摘下白云。历时7年，赫连勃勃终于将契吴山下汉朝时即有的戍边城堡奢延小镇改建成一座大城，并以"统领万邦"之意，为它取名"统万"。他攻下长安却不肯住，只留下太子，自己回来，将他珍爱的统万城定为国都。

　　终究是"风流总被雨打风吹去"，如今我站在这座废城南边的土台上，感受着与赫连勃勃所见完全不同的美——他所见过的壮丽，早已不复存在，如今的这块土地，被称为毛乌素沙地，风飒飒，荒寂无边，苍茫摄人。以前何其宏壮，如今却只余下故城西南隅一角，高高耸立着一座近30米的残破城垣，平地拔起，突兀醒目。夕阳如血，经千年的风雨，它峥嵘奇峻，与其说是座城垣，倒更像是大漠上的一座白色的小山。

　　游荡得累了，坐在大漠里一座白色的土墩台上，面对夕阳，看着它一点儿一点儿地落在毛乌素沙地的地平线以下，内心无比平静。绯红映照着苍凉的塞外，就连那枯萎的草都仿佛要浴血重生。此时的塞外宁静得骇人，只有萧瑟的秋风正在慢慢地钩沉天角最后一抹嫣红，诉说着苍凉与无奈。落日的余晖倾泻到白色的城墙上，散落在稀疏的草木之间，是那么悲凉，那么孤寂。

# 陕南行

## 那金灿灿的油菜花海

早春三月下旬，以"金色花海、魅力汉中"为主题的 2013 年中国最美油菜花海汉中旅游文化节和以"观油菜花海、游秦巴汉水、品富硒美食、赏民俗文化"为主题的安康春来早旅游黄金周活动推介会先后举行。得知这一消息，我们早已按捺不住激动的心情，不顾旅途劳顿，从陕北来到陕南，观赏了这两个地方的油菜花。

麦苗绿油油，菜花黄灿灿。地处陕西南部的汉中市向来以秀丽的自然风光著称，每年春季遍布山野的油菜花更是当地一绝。要知道，汉中是中国传统的油菜种植生产基地。每年春天，汉中盆地和浅山丘陵的 100多万亩（约 6 万多公顷）油菜花同时怒放，使得汉中全境成为一个巨大的油菜花海，金黄灿烂、蔚为壮观。面积大、立体感强、观赏性强是这里油菜花海的最大优势。高速公路旁疾驰而过的金黄，农村田地里随风摇曳的油菜花，淡淡清香夹杂在空气中，多么沁人心脾！那一望无际的黄金花海让人眼前顿觉一亮，心情也为之舒畅。成片的油菜花同时开放，置身于其中，我们感受着色彩给人的震撼和陶醉。油菜花田地在汉中城郊和农村到处可见，随着近几年交通的改善以及信息传播的方便，春天到陕南踏青去看油菜花，已经成了人们的一条热门路线。由于汉中地处中国南北过渡带，气候温润、生态良好，属于油菜的优生区，汉中每年种植面积都在 100 万亩（约 6 万多公顷）以上。登高远眺，漫山遍野的油菜花如同大幅的黄色织锦，补缀在青山绿水间，村舍、道路、河流，皆融入油菜花海中，蔚为壮观。花姿花影、花雾花流，变化万千，让人留恋。这里地势起伏，金色的油菜花像一条条金黄的绸带，环绕着山峦，错落有致，层次分明，成为乡村田野一道亮丽的风景，上百万亩油菜花同时怒放，把整个山川变成了一片金色的海洋。难怪 2009 年 5 月，汉中市在人民网举办的"中国最美油菜花海"评选活动中排名第一，荣获"中国最美油菜花海"称号。汉中的油菜花节主会场在洋县，为了拍好景色，我们来到洋县的党河水库，水库正在修建，没有水，失望而返。

　　观赏了汉中的油菜花，我们又来到安康的汉阴县。"山雄水奇秦巴地，最先得知春消息。一夜东风花似海，遍地黄金天下奇。"这是汉阴当地人对家乡的礼赞！汉阴月河川道的 10 万余亩（约 6000 多公顷）油菜花绽放，形成一幅秀美的画卷。明媚的春阳里，天清气氲，油菜花黄，麦苗青绿，山花烂漫。迎着暖暖的春风，徜徉在花的海洋，蝶蜂漫舞，鸟语花香，"观油菜花海、游秦巴汉水、品富硒美食、赏民俗文化"，让心情在大自然中放飞，让人生回归隽永。赏田园风光，鉴民风民俗，吃农家饭菜，充分感受人与自然和谐相处的美好和社会主义新农村建设进程中的欣欣向荣。不是江南胜似江南。在月河川道沿 316 国道驱车飞驰，一路盎然盛开的油菜花纵横无际，紧随山势跌宕起伏，仿佛波浪滚滚的花海，不断映入眼底。巧遇汉阴的文友，她热情宴请，让人觉得汉阴山好水好花好人更好。油菜花节的聚集效应大大提高了汉阴的对外知名度和美誉度，打响了陕南最佳宜居地、国家级旅游示范点和中国富硒农产品之乡的品牌。汉阴举办油菜花节搭建起来的旅游发展平台，不仅聚集了人气，鼓舞了士气，也制造了巨大的商机。

陕南的汉中、安康在自然条件方面具有明显的南方地区特征，对于安康汉阴和汉中两地的油菜花差别，这可能是每位游客所关心的话题。就一般而言，汉中的油菜花无论从规模上还是从多样性来看都强于汉阴的油菜花。汉阴的油菜花一受规模限制，二受地域环境限制，观赏的地点也相对比较少，再加上公路两旁的房屋遮挡，这就大大影响到了观赏效果。但由于此处的油菜花是分布在河谷地段，起伏的地势对于摄影有一定的多样化优势。汉阴地区属于山地河谷型，该地的油菜花种植面积有 10 万余亩。而汉中地区的油菜花种植面积有 100 万余亩，主属平原型，其观赏特点是开始可能给人以震撼的效果，但由于主油菜花景区是分布在一大片平原上，要取得较好的摄影效果却是比较难。

## 历史厚重的汉中

来到汉中汉台区，已是下午。早听说汉中市中心广场有近千只和平鸽，慕名前往，果然名不虚传。和平鸽徜徉在市中心广场上，白花花一片。时而落在人的胳膊上，啄食游人手中的食物；时而翩然飞起，把食物撒在人的头上，鸽子居然敢落在头上啄食。人与鸽子和谐相处，其乐融融，已成为汉中市一道靓丽的风景线。接着，我们参观了古汉台和拜将坛，切实感受到了汉中历史的厚重。

是啊，汉中历史悠久，是汉家的发祥地，自公元前 312 年秦惠文王首置汉中郡，为秦 36 郡之一，迄今已有 2300 多年的历史。秦朝末年，各股政治势力角逐中国大地，鸿门宴之后，刘邦向项羽称臣，项羽封其为汉王，《史记》中记载，刘邦颇为失落，谋士萧何劝慰："语曰'天汉'，其称甚美。"公元前206年，汉王刘邦以汉中为发祥地，采用张良"明修栈道，暗度陈仓"的策略，筑坛拜韩信为大将，逐鹿中原，后突袭拿下三秦地区，和项羽一争高低，史称"楚汉之争"。刘邦最终取得军事胜利，因其原封地在汉中，称汉王，故迁都长安，于公元前202年称帝，被称作"汉高祖"，从而成就了汉室天下400多年。今日中国"汉族"即得名于汉朝，汉中乃中华汉人称号的古发源地，并留下大量汉朝时期文物古迹，如拜将坛（刘邦拜韩信处）、古汉台、栈道等。自此，汉朝、汉人、汉族、汉语、汉文化等称谓就一脉相承至今。西汉武帝时期，城固人张骞出使西域，成为丝绸之路兴起的标志事件。三国时期，由于汉中是入蜀门户的特殊地理位置和南北交通要道，在刘备入蜀后很快成为曹操和刘备激烈争夺的地区。后来刘备取胜，称"汉中王"，蜀国即占据此地，现今仍遗留有大量三国古迹，如武侯墓（诸葛亮墓地）、武侯祠、马超庙、定军山、虎头桥（魏延斩首之处）等。再以后历经晋、隋、唐、宋、元、明、清和民国，直到中华人民共和国成立，"三线建设"开始后，汉中成为重点建设地区。汉中地区处于战略纵深带，山川交错，气候温和，物产丰富，水力资源充足，是国防工业建设的良好基地。此后，汉中迎来了千载难逢的发展机会，抚今追昔，令人感慨万端。

古汉台里面有两棵由勉县武侯祠嫁接过来的旱莲，据说旱莲最初在国内只有勉县武侯祠那唯一的一棵，现在通过嫁接增加了一些。旱莲已经被确定为汉中的市花，每年3月开花，花期只有1周。我们来时，旱莲正在开放着，似乎是为欢迎远道而来的客人。拜将坛里有许多仿古建筑以及汉初三杰（韩信、张良、萧何）的塑像，还铸造了一口世纪大钟悬挂在里面。有一个华丽的亭子，两边只挂了一副冯玉祥先生的对联：盖世勋名三杰并，登坛威望一军惊。拜将台里的亭台楼阁以及树木花草大都是比较新的，只有几块碑文有一定的年代。也许过上几十年，等里面的树木再长得粗壮一些，亭台再经历一些风吹雨打，就能够增添一些怀旧的气氛。

望着古汉台里面栽种的一些珍贵树木，如400年的皂荚树，百余年的桂树、铁树等，看着拜将坛楚河汉界的棋式布局，观赏着褒斜栈道的模型，在感叹汉中历史厚重的同时，再想想今天的高速公路和摩天大楼，不得不感叹科学技术给人们的生活所带来的便利，不得不感叹今非昔比。

## 意气风发的镇安

我们从汉中出发，在素有安康"鱼米之乡"美誉的汉阴县赏花后，来到了商洛的镇安县城。我知道，镇安县地处秦岭南麓秦巴山地，位于秦岭地槽褶皱系的南秦岭印支褶皱地带，自古就是西安通往安康的要道，是联系陕西与湖北的天然纽带，素有"秦楚咽喉"之称，也是出了名的"核桃板栗之乡"。这里是南北方的交汇处，南北气候共存，南北生物共有，南北景观荟萃，虽冠名"野山"却实属"宝地"，当地民谣曰："山是万宝山，水是龙泉水，树是摇钱树，草是灵芝草。"因此，镇安又被称为"西安的后花园"。镇安地形多山，唐代大诗人贾岛曾经这样描述镇安："一山未了一山迎，百里都无半里平。"当地歌谣曰："看天一条线，看地空中悬，对面能讲话，相逢走半天。"诗歌虽有夸张，但生动地描写出了镇安层峦叠嶂，沟谷纵横的景象。

此时，夜幕已经降临。各种各样的华灯放射出各种各样的光束，黄色的，银色的，翠绿色的，蓝色的，照在水上，闪闪烁烁的；荡漾着，慢慢伸展开来。灯影辉映，斑斓绚丽，夜色诱人，尽显神奇。四周山上专门布置的太阳能灯发出的光亮，繁星点点，犹如银河一片闪烁，在黑色夜空的映衬下格外显眼。那灯白天补充能量，晚上发光，通过彩色灯光软管，勾勒出秀屏山上的建筑轮廓，在夜色灯光的映射下，更显出历史文化的深厚，体现出高超的建筑艺术。魁星楼的夜景更是美轮美奂，玲珑剔透，神光灿烂，令人神往。如不置身于此，又怎能细腻体会出这份温馨的浪漫和领略到美丽夜晚的宁静带给我们的醇美呢？

镇安县城四面环山，其中位于县城新老城区中间的绣屏山上，建有绣屏公园。它占地 300 亩（20 公顷），是一个以游憩、健身、休闲为主，兼顾城市景观、科普教育、绿化生态、旅游接待等多功能为一体的综合性城镇山体公园，和我们子长的七楞山公园差不多。一早去绣屏公园，最先映入眼帘的是高大的白色大理石牌楼。它为传统的四柱三门式，柱子上镌有楹联：秀屏望月群峰叠翠，石矶朝阳百鸟争鸣。看着聂公亭碑，我心中感慨万千：乾隆十三年（1748）的进士、镇安知县聂涛，从江南鱼米之乡的湖南衡山来到"野山"，而且一干就是 8 年。聂涛勤政爱民的事迹在全县广为流传，他治县有方，人民安居乐业；重视教育，广修学校。他实心行实政、为民造福的思想和政绩，至今仍有积极的意义。看见秀屏广场上有好多人在音乐的伴奏下，悠闲地打着太极拳。那一招一式，有板有眼，整齐统一。他们意气风发的精神风貌感染了我，让我也不由得跟随起舞。眼前的气象阁，气势恢宏，风格为仿唐建筑。它采用钢筋混凝土材料，建筑形式为三层攒尖式，一层设回廊、门厅，二层设挑阳台和钢筋混凝土栏杆，檐楼下部和平座下设斗拱。魁星楼依山就势，举目可及；斗拱飞檐，画梁雕栋；朱檐灰瓦，秦风楚韵；龙头走兽，活灵活现。宝顶金灿，直插朗朗苍穹；魁星点斗，召唤济济人才。山上翠色欲滴，山下烟雾缭绕，好一幅群龙曼舞、渺若仙境的美丽图画。

漫步在这绣屏公园内，我的思想犹如精灵游荡在这个城市的上空，俯视着这片充满生机而又富有特色的土地。绣屏公园分为休闲游乐、百竹园、百果园、科普园、人文景观和密植松柏林六大景区，有绣屏广场、文庙、魁星楼及亭阁廊台，公共设施齐全，规划起点较高，然而仅仅投资 2000 多万元就已完工。通过公园内的聂公亭、文庙、魁星楼等建筑，可以看出当地人民和政府对文教的重视。绣屏山下的镇安中学，比子长更早（6年前）就有橡胶跑道操场、室内篮球场和青少年活动中心，这些方面确实比我们子长先进。

中午时分，我们离开了镇安，向北踏上了归程。汽车在高速公路上疾驰着，接连不断地穿越着隧道，有的隧道居然长达15公里，路太长了，好在有服务站。赏心悦目的秦岭风光不时映入眼帘，那粉色的野杏花漫山遍野怒放着。目睹着紧张的铁路复线建设工程，想想从西安去汉中、安康和商洛再回西安，一路都在走高速，并且穿越了"天下之大阻"的秦岭，让人确实感到我们国家日益富裕强大了，人们生活越来越幸福了，我们不由得哼唱起来。

# 临夏随想

我又要去临夏了,又要去聆听临夏诉说的那些故事了。去临夏,是需要带一点儿出世的情怀。

大夏河缓缓地流淌着,蜿蜒而过临夏终入黄河。临夏回族自治州是全国仅有的两个回族自治州之一,有中国的"小麦加"之称,地处甘肃省中南部,青藏高原与黄土高原过渡地带。《尚书·禹贡》载:"导河自积石,至龙门,入于沧海",是为大禹治水的源头。临夏古称枹罕、河州,因紧傍黄河,故得名"河州",是中国唯一以黄河命名的州城。此地在5000多年前就有先民生活,有着悠久的历史,像是一位守望着大夏河的老人,呼吸吐纳中娓娓道来流淌5000年的人文历史、风土人情。临夏是古丝绸之路上的要冲,唐蕃古道上的重镇,明代四大茶马司之一,历代兵家必争之地,素有"陇右名邑,河湟重镇"之称,名列"陇上八州"之首。临夏文化底蕴深厚,旅游资源富集,有世界非物质文化遗产"花儿"、国家级非物质文化遗产砖雕、红园牡丹园、滨河路十里牡丹长廊、东郊公园牡丹园、积石雄关、黄河明珠刘家峡、花儿赛场莲花山、松鸣岩、齐家文化遗址和政古生物化石博物馆等，都焕发出迷人的魅力，被誉为"中国花儿之乡""中国彩陶之乡""古生物伊甸园""民族建筑博览园""中国西部旱码头"等。临夏是东西文化交融的代表地之一，建筑艺术特色鲜明。走进临夏，首先映入眼帘的是鳞次栉比、风格迥异的富有当地文化特色的建筑。绿色茵茵的清真寺，直耸云霄的唤醒阁，独特的伊斯兰建筑风格，使人恍然走进"天方夜谭"中的神话世界。红园、东公馆、蝴蝶楼集中国传统建筑艺术于一身，独具江南水乡风格。回族砖雕、汉族木刻、藏族彩绘艺术的完美结合，伊斯兰建筑与中国古典建筑艺术的巧妙运用，使临夏成为领略民族建筑艺术、了解中国伊斯兰文化的胜地。放眼望去，古院错落有致，伊斯兰特色建筑随处可见，徜徉其间，令人流连忘返，神清气爽，浮华和躁动荡然无存。临夏有着这么多的风景名胜和文化遗存，甘肃少见，全国也不多见，临夏人骄傲得很！

松鸣岩国家森林公园，简称松鸣岩，因"松岩叠翠"闻名遐迩。松鸣岩因每当风起，松涛大作，奔腾砰訇，如战鼓擂擂、似马奔腾而得名。松鸣岩有三座并峙的山峰，为南天台、西方顶、独岗岭，因其突兀挺拔状似笔架，又因传说神笔马良每次做完画之后，便把他那支神笔搁置于此，故又称此山为"笔架山"。松涛，是松鸣岩最劲烈的山魂乐曲。倘若不具备侠心义腑，如何捧心为盏，将此天籁满满盛装？枕着松涛入眠，即便懦弱虚怯的灵魂也可以尝试踏入一场铁马冰河的壮烈梦境，甚至可以鼓励自己在梦境中扮演一位勇猛无敌的壮士，将现世人生唯唯诺诺的屈辱、无休无止的碌碌奔忙改写成冲锋陷阵的光荣。如果你是一位兰心蕙质的骚人墨客，也不妨让自己的心神来松涛阵里穿行，给柔绵的诗行充填一脉刚健的风骨。

积石关是有名的河州24关的第一雄关，和大禹的名字紧紧相连，据史书记载，积石"乃大禹导河之极地"。黄河三峡（炳灵峡、刘家峡、盐锅峡）在临夏永靖县境内，黄河之水穿峡而过，故名"黄河三峡"。这里，山环着水，水绕着山，水之秀丽，山之雄浑，珠联璧合，相映成景。炳灵峡内两岸丹霞地貌的山崖，奇峰林立，摩肩接踵，形态各异，气象万千，美不胜收。这里有距今1600多年历史的中国六大佛教石窟之一的炳灵寺石窟。出炳灵峡便进入了西北地区最大的人工湖——刘家峡水库，水面辽阔，风光旖旎，是西北最大的水上乐园。高原明珠——刘家峡水电站，是黄河上的一颗明珠。当年，胡锦涛总书记曾经参加过水电站建设。刘家峡水电站的建成，在黄土高原上形成了罕见的高峡平湖，令游人惊叹不已。世界罕见的自然遗存——和政古动物化石群，是世界文化遗产中的一朵奇葩，打开了人类窥视黄河古文明的窗口。和政古动物化石种类繁多，珍贵惊奇，雄居欧亚，震惊世界。现已建成的和政古动物化石博物馆馆藏之多之贵，在中国也是名列前茅的。永靖恐龙足印化石群，蜚声中外，其规模之大、种类之多、遗存之完整、清晰度之高，堪称世界恐龙化石宝库之一。刘家峡恐龙地质公园的建成，对恐龙足印群的保护开发提供了有利的平台，也使甘肃永靖增加了一道亮丽的文化景观。民族建筑艺术的缩影——东公馆，因馆内楼阁屹立，厅院相连，雕梁画栋，富丽堂皇而驰名，其建筑、装饰的豪华精致是临夏人民聪明智慧的集中展示。陇上名园——蝴蝶楼，因楼似蝶身，随楼似蝶翅，从远处俯瞰主楼，形似蝴蝶，故名"蝴蝶楼"，整个建筑结构中，不曾使用一枚铁钉，至今保存完好，工艺精湛，世人称道，既富有浓郁的民族特色，又具有鲜明的地域特色，一直被视为建筑艺术之精品，至今依然熠熠生辉。

遍布全境的建筑，是临夏伊斯兰特色的一个重要体现。这里清真寺和拱北（先贤陵）建筑风格独特，主要有中国古典式建筑、阿拉伯风格式建筑、中阿混合型建筑三大类型。境内现有清真寺2614座，拱北143座。独具特色的清真饮食是临夏穆斯林的又一体现。不论是三泡台盖碗茶、发子面肠、酿皮子、甜麦子和油炸食品等风味小吃，还是扣牛肉、东乡手抓羊肉、糊羊肉、粉丝鸽蛋、羊肉葫茄等传统菜肴都做工考究、色香味美。长期以来，特别是改革开放后，随着走南闯北的临夏人的足迹，临夏清真饮食遍布祖国各地。

河州牡丹，历史悠久。早在800年前，牡丹已绽放于临夏大地，植牡丹、赏牡丹、唱牡丹、"浪牡丹"之风盛行，经久不衰。在花乡歌海的临夏，对牡丹的钟爱，已经渗透到人们生活的各个领域，从作画、刺绣、吟唱到砖雕、木刻、彩绘，无不以牡丹为题材。今日的河州牡丹，已成为临夏市市花，象征着临夏人民对美好生活的向往。河州牡丹，名冠神州。魏紫、姚黄、梨花雪、粉西施、佛头青、朱砂红、花二乔、绿蝴蝶、醉贵妃等牡丹显贵遍布临夏，争奇斗妍。而紫斑牡丹因其花瓣基部有明显紫斑而得名，其基本花色有红色、白色、紫色、黄色等多种，树冠高达2米，花大盈尺、端庄妩媚、花香袭人、色泽艳丽，一簇簇如花伞撑开，一朵朵似彩云追月，因其为临夏独有，更显珍贵，实为"牡丹皇后"，曾荣获中国第三届花卉博览会铜奖。河州牡丹，峥嵘园庭。牡丹作为临夏花中之魁，随处可见，品之有所，赏之有处。临夏较大的牡丹园有百余处，尤以临夏红园、滨河路十里牡丹长廊、东郊公园牡丹园为之著称，更有数不胜数的居民牡丹庭院。滨河路十里牡丹长廊开花的时候，确实是十里飘香，隔着河都能闻到香味。临夏有"小洛阳"之称，名至实归。

临夏是一个有故事的地方，那些感天动地的英雄故事，至今仍然代代流传，口口相传，像大夏河一样滋润着人们的心灵，成为临夏精神的根与魂。解放战争时，国民党守城自卫队向解放军投诚，临夏宣告和平解放。解放初期，临夏的社会秩序相当混乱，土匪祸乱残害百姓，人民生活非常困难，工作头绪非常多，各项工作都非常棘手。这些问题错综复杂，交织在一起，都是新政权能否巩固的大问题。在这种情况下，临夏地委负责人责任非常重大，肩上的担子也很重。在他们的努力下，这些问题一一得到解决，使新政权得以巩固和发展。当时，临夏地委能够在临夏那样复杂的地区，短时期内基本平息了带有民族性的武装骚乱，这是一个非常了不起的成绩。

当我置身临夏，仿佛来到了鏖战的战场，听到了四起的杀声，看到了临夏军民平叛的英姿。是啊，在这片红色的热土上，你永远都在感动着，你会被"一不怕苦，二不怕死"的精神震撼；你会深深理解"革命理想高于天"的信仰力量；你还会领会到解放军"纪律严明，秋毫无犯，尊重少数民族习惯，维护民族团结"的优良作风。

今天，临夏人积极贯彻党的十八大提出的"努力建设美丽中国，实现中华民族永续发展"的战略思想，实施"临夏打民族牌、走特色路，大力发展清真产业"的路子，着手打造集观光旅游、休闲度假、康体疗养、商务会展、个性体验为一体的现代化综合旅游区。自历史上的茶马互市中心，到改革开放后的回族商贸经济繁荣，在很长一段时间，回藏贸易是临夏地区商业活动的主要内容。20世纪80年代，费孝通先生曾对临夏做过深入调研并给出高度评价，赞曰"东有温州，西有河州"。综合旅游区彰显着临夏得天独厚的历史和充满希望的未来，激励着临夏人以开放包容展示对外形象，以多彩临夏彰显文化自信，以团结和睦展示社会和谐，以生态文明展示美丽临夏，从而大力提升临夏的知名度。

大夏河仿佛从这绿的海洋中轻轻划过，留下了一串串优美的音符，一个个动人的故事。在这里，历史与现实融汇，红色与绿色相映，人与自然和谐统一。大夏河畔的人们正在书写气壮山河的新篇章，正以开拓进取的精神实现着自己的梦想。

壮哉，大美临夏！

# 库车寻梦

　　或许是 2000 多年前的某一天，一位行经龟兹古渡的丝绸商人带着连日的疲惫在水汽中踏上岸来。在这座古渡边，南来北往的商贾人头攒动，正在等待渡河，而上岸的商人、游客们早已成群结队往街巷里去了。暮色中，他看见长街边的店铺陆续挂起灯来，连成一片光亮通向这座城市深处。壮丽的王宫及佛塔寺庙外，在一堆堆篝火旁，一阵醉人的"麦西来甫"唢呐引子曲，把朴实、粗狂的龟兹儿女唤起。随着那急促而富有节奏感的龟兹鼓和琵琶的伴奏，窈窕的龟兹女郎身着紧身短衣，宽口长袖，下着长裙，裸露着胸项和纤细的腰身，正踩着热烈奔放急速旋转的舞步。夜色，竟让这里越发喧嚣起来。

　　他不知道，后来，有人描述他此刻所见的景象是"其城三重，中有佛塔庙千所。人以种田畜牧为业，男女皆剪发垂项。王宫壮丽，焕若神居"，"管弦伎乐，特善诸国"。他更不知道的是，眼前所见的这片繁华夜景，在以后的漫漫 2000 多年里会几经更迭。是啊，这里史称龟兹，是西域 36 国中较大的城郭国，也是丝绸之路重要的交通要塞。经济繁荣、发达，且"龟兹文化"底蕴深厚，素有"白杏之乡""西域乐都""歌舞之乡"多种美誉。汉时西域都护府设于此，唐时是安西都护府驻地，五代至宋称龟兹为回鹘，元明时期改称亦力巴力。直到清乾隆二十三年（1758），平叛大小和卓的叛乱后，定名为"库车"，并设库车办事大臣。库车系维吾尔语译音，《回疆通志》一书解释为"胡同"的意思，因为库车是南疆腹地之要冲，故为此名。

其实，在很长一段时间里，与那位不知名的旅人一样，我也不知道这座古城这2000多年间升腾的风云。

因为，更为我们所熟知的是龟兹乐舞，特别是它经电视剧《西游记》播放后更是家喻户晓。龟兹乐舞旋律优美，富有异域特色。使用的乐器也非常丰富，有竖箜篌、琵琶、五弦、笙、笛、箫、筚篥、毛员鼓、都昙鼓、答腊鼓、腰鼓、羯鼓、鸡娄鼓、铜钹、贝、弹筝、侯提鼓、齐鼓、檐鼓等20种。隋唐时期，西域文化与物产大量传入内地，龟兹乐舞也在内地广泛流传。龟兹乐舞与中原传统音乐舞蹈相互融合，对中国音乐舞蹈的发展作出了不可磨灭的贡献。盛唐乐舞的高度昌盛，就与龟兹乐舞有着极为密切的关系。唐僧当年西天取经，走到龟兹，写下"管弦伎乐，特善诸国"8个字。而且隋唐时期，龟兹歌舞、古乐一度风靡长安，连李白、杜甫、白居易等大诗人都为之倾倒。"胡旋女，胡旋女，心应弦，手应鼓。弦鼓一声双袖举，回雪飘摇转蓬舞。"这首《胡旋女》便是白居易先生在看完龟兹歌舞后，对"胡旋女"那令人痴迷的西域乐舞所作的惟妙惟肖之描述。另外，《旧唐书·西戎传》还曾记载龟兹"饶葡萄酒，富室至数百石"，这么多的葡萄酒仅靠当地的人是喝不完的，所以盛唐时期长安城里也到处都是胡人开的酒肆，当时的时尚人士，也是流行"笑入胡姬酒肆中"的。宋朝大诗人沈辽写诗赞道"龟兹舞，龟兹舞，始自汉时入乐府……衣冠尽得画图看，乐器多因西域取。"这首诗凝练传神地尽现了新疆库车的龟兹乐舞。龟兹乐舞太迷人，所以当龟兹人苏袛婆、白明达两位著名的音乐大师，把龟兹乐传入中原，就深受中原帝王和广大民众的喜爱。隋唐宫制的 10 部乐曲中就有《龟兹》乐曲。后龟兹乐器、乐曲和舞蹈传到朝鲜、日本、越南、印度、缅甸等国。

库车，犹如那迷人的龟兹乐舞令人心驰神往。它处于天山南麓，系南北疆的交通要道，是举世闻名的龟兹文化发祥地和中西文化交汇地，是古印度、希腊－罗马、波斯、汉唐四大文明在世界上唯一的交汇之处。龟兹文化是世界文化发展史库中的瑰宝之一，其主要体现为石窟壁画艺术和龟兹乐舞。龟兹文化底蕴深厚，不仅是印度佛教文化东传的媒介和桥梁，也是中原佛教的第二故乡。灿烂的龟兹文化使库车成为新疆四大旅游县市之一，境内的石窟、古城堡、烽火台等文物多达 80 余处，洞窟有 500 余个，壁画面积达 2 万平方米。龟兹石窟拥有比敦煌莫高窟历史更加久远的石窟艺术，它被现代石窟艺术家称作"第二个敦煌莫高窟"，与敦煌莫高窟、洛阳龙门石窟和大同云冈石窟齐名，是中国建设最早、规模最大、数量最多的石窟群。

库车矿产资源丰富，主要有铜、铁、锰、煤、石油、石英、明矾、石膏等。已探明的油气田有雅克拉、塔河、东河塘、牙哈、伊奇克里克、大涝坝、依南、依深、迪那 2、亚肯背斜等。其中迪那 2 凝析油气田储量达 1800 亿立方米，已跻身世界大型天然气田行列；东河塘作业区和牙哈作业区是目前世界上一流的采油作业区；亚肯背斜特大气田的天然气储量约 7000 ~ 15000 亿立方米，是我国目前发现的最大天然气田。野生动物有鹿、熊、黄羊等，野生药材有甘草、红花等，农作物主要有小麦、玉米、棉花、水稻及梨、杏、葡萄、石榴、无花果等果品，畜牧以羊为主，特产以三北羊羔皮、小白杏、薄壳核桃著称。手工业发达，地毯编织已有 2000 年的生产历史。工业有煤炭、建材、电力、地毯、轧花、粮油加工等。库车历史悠久，自然景观集雄、奇、险、壮、美为一体，资源类型非常集中，有山川、河谷、草原、沙漠、小溪、河流、瀑布等不同景象和地貌，著名的旅游景点有库车王府、南天池、天山神秘大峡谷、克孜尔千佛洞、库木吐拉千佛洞、苏巴什古城、库车盐水沟、塔里木河沿岸原始胡杨林等，《西游记》《绿洲客栈》《天地英雄》《绝代双雄》等多部影视剧慕名在此拍摄。

库木吐拉千佛洞开凿的时间从两晋开始经隋唐延续到宋代，位于库车县城西北 30 公里的渭干河谷的东岸，是仅次于克孜尔石窟的古龟兹较大的石窟群。库木吐拉系维吾尔语译音，意为"沙漠中的烽火台"。现有洞窟 112 个，分为南区、北区、丁谷山峡谷区 3 个部分。库木吐拉石窟早期洞窟形制主要是中心柱窟与方形窟两种。中心柱窟佛堂平面呈长方形，主室窟顶多为纵券形。正壁中央凿一大龛，左右侧为券形通道口，经行道通入后室或后行道。有的方柱体各壁凿一龛。壁画题材多同于克孜尔石窟，即主室券顶中脊绘天象图，券顶侧壁绘菱形山峦为背景的佛本生故事或因缘故事。中期洞窟的形制，主要也是中心柱窟和方形窟，但方形窟顶多作纵券形。这一时期除沿用早期洞窟的题材外，还出现了与中原地区唐窟相似的题材，明显地表现出与龟兹风格迥异、具有鲜明中原地区佛教艺术特征的汉画作风。晚期洞窟出现回鹘人供养人像，但从中可以明显看出所受中原地区汉文化的影响。北区第 79 窟用龟兹文、汉文和回鹘文 3 种文字共书供养人榜题是前所未见的。回鹘时期的洞窟，是当地汉式洞窟的延续和发展，前后是一脉相承的。但这时期的洞窟规模逐渐变小，已呈现衰退的迹象，大约到了 11 世纪，基本绝迹。

这里的库车大寺，是新疆境内仅次于喀什艾提尕尔清真寺的第二大寺，是信奉伊斯兰教的群众做礼拜的宗教场所。大寺门楼高 18.3 米，全部青砖砌成，高耸的门楼与宣礼塔，庄严挺拔。塔柱雕以伊斯兰风格图案，穹隆式楼顶，形似天宇，寺内礼拜大厅为 1500 平方米，可容纳 3000人大礼拜。纵横 8 行的 64 根六棱形大柱，饰似彩雕绘画，支撑起由 102块方格画图案组成的天花板，华丽壮观。小礼拜寺之北有一处声威显赫的"宗教法庭"，它是政教合一的产物，也是新疆保留的为数不多的伊斯兰教司法机构遗址。

这里还是一片红色热土。当年，林基路奉党中央之命到新疆帮助盛世才工作，被尚未暴露出反动嘴脸的盛世才派到库车工作，就任库车县县长。到库车后，林基路深入民间了解各种情况，下决心解民于水火。他关押了一批敲诈百姓、无恶不作的政府警察，释放狱中无辜百姓，老百姓呼为"林青天"。他改革税制，取缔包税人，将原有的20多种税减为7种。他兴修水利，绘制了库车县图，标明渠系走向，建造了至今还造福于当地群众的大坝，被老百姓称为"林基路大坝"。他还在库车高大的伊斯兰式拱顶门沿上，亲笔题额四个苍劲的大字：龟兹古渡。在库车的岁月里，林基路始终牢记党的教诲，一心一意为老百姓办好事。他积极宣传抗日，号召库车的老百姓支持抗日，有效改变了社会风气，凝聚了人心。盛世才反动面目暴露后，林基路英勇就义，年仅27岁。林基路虽然牺牲了，可他的革命精神和造福后代的丰功伟绩永存不朽！现在，代表红色旅游景点的林基路烈士纪念馆，是爱国主义教育的重要基地。

由林基路题额的龟兹古渡，2000多年前就已经是丝绸之路上的重要关隘了。现在虽然早已失去了往日渡口的用途，但巴扎却在龟兹古渡边扎根下来，生生不息，繁衍不止。这个古渡造就了老街，造就了这堪称南疆最大的古街道，路边的无数门房和随之形成的人文习俗都是历史文化的积淀。那是一种深远与博大的沉积，是一种氤氲着宗教与人文的醇香，是龟兹古国2000多年的辉煌凝练出的文明的象征。

这个几千年的古渡老街，见证了18世纪中期，发生在新疆南部地区回部的大小和卓叛乱。库车维吾尔族首领鄂对大力协助平叛。为了表彰他的功绩，1759年，乾隆皇帝专门派遣内地的汉族工匠为鄂对修建了府邸，这便是库车王府。王府是一个很大的宅院，它融合了我国中原地区和伊斯兰风格，分为宫殿、凉亭、城楼等建筑。王府宫殿有前宫和后宫之分，建筑奇特，它既吸收了中原帝王宫殿的建筑特点，又综合了维吾尔伊斯兰的风格。前宫主要是历代库车王办公生活的地方。如今，这里陈列着乾隆帝以及其他清朝皇帝赐给库车王的官印和朝服。同时，还摆放着近几代库车王的蜡像以及生平和照片。后宫主要是王爷居住生活的地方。如今，主要陈列着一些王爷以及家人使用过的物品等文物。前后展厅生动地再现了 12 代世袭"库车王"190 年的历史生活。王府里有一段老城墙，据说是汉代的遗迹，或许是库车历史的最好见证者，或许更是库车浴火重生信念的象征。它见证了库车几经兴衰的悠久历史，见识了腥风血雨的残酷战争，也仍记得那些曾经人来人往、商贾云集的繁华生活。

# 苍天圣地阿拉善

去苍天圣地阿拉善前，我觉得阿拉善一定是一个荒凉无比的地方，也没有什么历史。去了阿拉善，我才知道我错了，阿拉善不仅有历史，还是一个美丽的地方。特别是夜晚，巴彦浩特流光溢彩，绚丽夺目，美不胜收。音乐喷泉、街灯和高楼上的彩灯似彩练环绕，争奇斗艳，令人犹如置身蓬莱仙境。

阿拉善是蒙古语，意为五彩斑斓的地方。地如其名，位于内蒙古西部的阿拉善集中了戈壁、沙漠、草原、森林、湖泊、山峦等地质奇观。阿拉善东依贺兰山，与宁夏银川只有一山之隔，怀拥腾格里沙漠、巴丹吉林沙漠、乌兰布和这三大沙漠，有世界三大胡杨林之一的额济纳胡杨林，有曼德拉山岩画及贺兰山岩画、黑水城遗址、腾格里沙漠腹地的月亮湖、北寺（福因寺）、南寺（广宗寺）、定远营古城等。

# 回眸古城

至今没有忘记离开阿拉善的那一刻，对定远营古城一步三回头的顾盼，仿佛心里已经装满了大漠湖水的柔情，又好像留在古城的不是我轻轻的脚步声，而是一串儿不经意间散落在古老城墙与王府的沧桑与厚重。

定远营古城缘自清雍正八年（1730），清政府在贺兰山以西营建定远营城作为军事镇守之地，1731年雍正赏定远营为阿拉善和硕特旗札萨克多罗郡王阿宝的驻居之地，俗称为王爷府。随即按郡王等级在定远营城营建王府。定远营建筑的主要构成包括王府、延福寺、传统民居、城墙、城门遗存及城内历史街区、历史文化遗存、遗迹等，这些建筑体现了中原主流文化与蒙藏文化的融合，是和硕特部从游牧走上定居的一个标志和起点，是阿拉善左旗历史的缩影与见证。古城依地势起伏而筑，墙体高严，上可跑马；垛口如锯，威武耸立；庙塔楼阁，错落有致。定远营城内建筑布局紧凑，风景秀丽，城里城外典型的四合院建筑与北京城相仿，因此定远营素有"塞外小北京"之称。定远营古城南门外有三股泉水自东向西流经民居与商贸区，在市区内架设三座桥，由北往南称为一道桥、二道桥、三道桥。自城门至南梁贯穿南北的一条大街，在中华人民共和国成立前老百姓称"巴彦浩特街勒""巴音街（gai）"，与三道河沟构成"王"字形，城墙及城内有一山组成"皇"字形，据说这就是阿拉善旗的风水所在。1949年中华人民共和国成立，阿拉善旗府所在地的行政地名由"定远营"更名为巴彦浩特，意为富饶的城市。

纵观历史，定远营城是中国北疆游牧民族地区唯一一座雄伟、正规的城池，"形势扼瀚海往来之捷径，控兰塞七十二处隘口"，地理位置甚为重要，腾格里万顷黄沙与贺兰山高峰成为内蒙古和甘肃等地的天然屏障。其历经清代、民国到现在已290年，是镇守、联络、辐射西北边疆的军事、经济要塞。定远营城倚营盘山筑城，城池形似牛面牛口，城墙西北角、东北角是两支伸出去的犄角。城墙周长 1.65 公里，全部用灰白色黏土石杵夯打筑成，全城高大坚固，巍峨壮观。定远营城具有神奇的防御功能，在历史风云的沧桑中经历 5 次大的战争，均挫败了外来野蛮掠夺的叛乱战争。

漫步定远营古城，遗落在各条街巷中那古朴的四合院，饱含着北京风情，斜阳草树，寻常巷陌，仿佛还能听到昔日的叫卖声。铺满青石头的街道，磨得光光滑滑，清晰地勾勒出当年步履匆忙的痕迹。站在斑驳的城墙上，眺望远方的贺兰山，那些鼓角争鸣，猎猎战旗，犹在耳边回响。"大漠孤烟直，长河落日圆"，唐朝大诗人王维的五言律诗《使至塞上》，描绘了塞外黄昏雄奇壮观的景象，而其所状大漠孤烟之况景，又恰似定远营古城。

营盘山下的定远营古城，作为塞外的一颗明珠，一座近 300 年文明的城池，现在仍然绽放着熠熠的光芒。

## 腾格里沙漠冲浪

我第一次见识腾格里沙漠缘于电影《生死腾格里》。这部电影讲述了 1936 年春，红军西路军在河西走廊惨遭失败。西路军副总指挥王树声从死去的战友堆里爬出来，穿越茫茫腾格里沙漠返回延安的传奇故事。通过这部电影，让我多少了解了一点儿腾格里沙漠的风貌。

腾格里，蒙古语为"天"，意为茫茫流沙如渺无边际的天空，故名。腾格里沙漠西南部大部分有植被覆盖，主要为麻黄和油蒿；沙漠中部、南部和北部洼地里，植物生长较好，主要为蒿属。其位于阿拉善左旗西南部和甘肃省中部边境，南越长城，东抵贺兰山，西至雅布赖山，为中国第四大沙漠。月亮湖是腾格里沙漠诸多湖泊中比较著名的湖泊，一半是淡水湖，一半是咸水湖，湖水含硒、氧化铁等 10 余种矿物质微量元素，且极具净化能力，湖水存留千百万年却毫不混浊。

来到阿拉善，沙漠冲浪是必须玩的。沙漠冲浪就是开越野车在沙丘中忽上忽下快速行驶和漂移，对视觉和感觉都具有强烈冲击性，很刺激，但要勇敢的人才敢玩。

我们一行一共 5 辆车。上车后，我们便向大沙漠的深处进发，要进入沙漠的腹地，全程几十公里。车上路了，速度很快，车随着沙丘的起伏而忽上忽下，车身在摇晃，车中的人与人不停地随着车身的摇晃而互相碰撞，车子不断地晃动和急转弯以及突发性的直上直下让人感到心都蹦到了嗓子眼儿。

车子带着大家笔直地冲上沙丘，又几乎垂直地冲了下来，感觉车头就要一下子掉下来。幸亏系了安全带，否则人就会全都从座位上滚到前挡风玻璃上去。车子必须走"S"形路线，这样可以增加摩擦，提高安全度。有的时候，车子直接向下滑去，在落地的一瞬间加速，这样驾驶是有很多技巧的。越往沙漠腹地开，沙丘越高，但我们还是直接冲上去，下来的时候，感觉车子真的要翻了，还有的时候加大"S"形在沙子上面漂移，真是非常惊险。越往后，沙丘越高、越险，就这样，我们颠簸了 1 个小时后，终于停下车来休息了。听司机说，前面有一个"V"字形的大深沟，那里是我们此行的终点，也是最惊险最考验胆量和技术的地方。只见我们的车笔直地冲下去，然后快速地冲上去，最后来了一个漂亮的漂移，停了下来。同行的另外几辆车也从深沟里开了过来，那个深沟太大了，那几辆车在我看来就像玩具车一样漂过来。接着，我们又玩了两次"V"字沟，从车上下来，仍感觉到天旋地转。

而干旱的沙漠里居然有湖泊，更是让人啧啧称奇。沙漠内的大小湖盆多达 422 个，多为无明水的草湖，面积在 1～100 平方公里，呈带状分布，水源主要来自周围山地潜水。湖盆内的植被类型以沼泽、草甸及盐生等为主，是沙漠内部的主要牧场，也是居民的主要集居地。湖盆光热充足，水分条件较好，地下水较丰富，是沙漠内的绿洲，成为牧民世代居住生息之地，也是当地水草丰美的畜牧业基地。

沙漠冲浪玩累了，在沙漠里的湖泊周围摘几颗沙棘果吃，不失为人生一大享受。

## 藏传佛教圣地南寺和北寺及雄伟的贺兰山

到底是贺兰山因南寺和北寺而闻名，还是南寺和北寺因贺兰山而香火旺盛，我们不得而知。

"南寺"是广宗寺的俗称，坐落在贺兰山西麓的宽阔地带，地势高低错落，周围树木成荫；南边有一条小溪，涓涓流水终年不断。寺庙依山而建，松柏常青，溪流如带，庙宇轩昂，浸透着密宗神秘的文化气息，是一处集人文景观、自然风光于一体的旅游胜地，位居"阿拉善八大寺"之首。南寺始建于清乾隆年间，是六世达赖喇嘛的寺院，寺中供奉着传奇活佛六世达赖喇嘛仓央嘉措的肉身舍利，这是远近信教群众虔诚地向往它的最重要的原因。南寺拥有藏区大寺院必须具备的四大札仓，即学习和修持不同佛经内容的 4 个学院式僧院，聚集了大量有历史价值的珍贵佛像、佛经和佛教文物、佛教艺术品，也聚集了精通佛教显密二宗教规的高僧大德，当然也聚集了无法估算其价值的以金银珠宝为材料的大批法器、供器等。

"北寺"是福因寺的俗称，史称"福音寺"，原名"准黑德"，坐落于贺兰山中麓。该寺是阿拉善王之子在皈依六世班禅后创建的，始建于清嘉庆九年（1804），嘉庆皇帝亲笔赐名"福音寺"。寺周围丘陵起伏，山泉回绕，松柏常青，草木繁茂，鸟语花香，景色迷人。畅游其中，犹如置身于世外桃源。福因寺不仅有悠久的历史和深厚的文化底蕴，还有着得天独厚的秀丽的自然风光。国家一级自然保护区贺兰山森林公园环绕着北寺，宛如一颗璀璨的明珠，镶嵌在茫茫林海之中。来到北寺，可沿石台阶而上，攀登贺兰山。

贺兰山历经20亿年沧桑巨变，由一片汪洋变为山脉。山势雄伟，若似群马奔腾，绵延数百公里。山体峰峦重叠，崖谷险峻，向东可俯瞰银川，向西可俯瞰阿拉善。贺兰山是中国为数不多的南北走向山脉之一，是中国荒漠与非沙漠、季风与非季风气候的分界线，素以"关中屏障，河陇咽喉"著称。南宋抗金名将岳飞的《满江红》中"驾长车，踏破贺兰山阙"，描写的就是岳飞征战贺兰山的场景。贺兰山重峦叠嶂，气势磅礴，主峰海拔3556米，为内蒙古自治区最高峰。这里生长着54万亩（约3.6万公顷）天然森林和次生林，有复杂多样的动植物区和比较完整的山地生态系统，植物呈明显的梯度分布，动植物资源十分丰富。1995年，贺兰山国家级自然保护区纳入中国生物圈保护区网络。游览贺兰山，一天可感受四季。山势雄伟的贺兰山，构成了一道天然屏障，削弱了西伯利亚高压冷气流，阻截了腾格里沙漠的东侵，也阻止了潮湿的东南季风西进，使得贺兰山东西两侧气候、水源、植被有着显著的差别，成为中国外流区和内流区的分水岭，是半农半牧区和牧区的分界线。

中国的各个大山中，没有一座像贺兰山那样几乎一直处于战争的状态中。因为贺兰山西北侧有鞑靼的威胁，所以明朝时在宁夏大规模修筑长城。如今，贺兰山上的那一道道断壁残垣，见证着那百年的历史纷争。

山登绝顶我为峰。朝观林海日出，暮看大漠孤烟。此时，歌曲《苍天般的阿拉善》就会在耳边徐徐飘来："……沙海绿洲清泉，天鹅留恋金色圣殿……哎！我的阿拉善，苍天般的阿拉善。"

啊！苍天缔造的圣地阿拉善，是你我续写传奇人生的佳境！

## 酒醉大漠

我不大嗜酒，不识孟嘉酒中趣。我觉得喝酒有损身体，所以常常借故推脱。

夏末，草木葳蕤，景色宜人。我来到美丽的鄂尔多斯，参加了第九届西部散文节。当我知道这次活动是由内蒙古库布其酒业有限责任公司赞助，免费为我们提供吃住的时候，一种敬仰之情油然而生。在这充满铜臭味的世界，居然有公司如此尊重无钱无势的文化人。在闭幕式的晚宴上，大家开怀畅饮包装精美、香气四溢的库布其美酒。本来我不饮酒，但士为知己者死嘛，我决定破例。

一杯在手，心潮涌起。才沾唇边，芳香入肺。一仰脖子，倾杯入腹。啊，好细腻，好醇厚，好优雅，好丰满！二杯斟满，醉意已起。53度的白酒，竟然有胆量杯杯相接。三杯照影，醉态生发。一时兴起，高声唱道："一对对那个鸳鸯水了上漂，人家那个都说是咱们两个好……"众人互操互谑，手舞足蹈，开怀纵情，喧笑盈室。直喝得夜深人静，意犹未尽。平日里那些"好酒敬朋友，舍命陪君子""感情浅，舔一舔；感情深，一口闷""屁股一抬，喝酒重来"之类的劝酒辞再也派不上用场。也是，免费吃喝，千载难逢，我们也牢牢记住了内蒙古库布其酒业有限责任公司。

浩瀚的库布齐沙漠像一条黄龙横卧在内蒙古鄂尔多斯高原北部，横跨内蒙古三旗。要知道，库布齐沙漠是世界第九、中国第六大沙漠，也是距北京最近的沙漠，西、北、东三面均以黄河为界。"库布齐"为蒙古语，意思是弓上的弦，因为它处在黄河下像一根挂在黄河上的弦，因此得名。2000 多年前，秦直道曾在这里创造繁华，汉代朔方郡曾在这里保一方平安。公司就坐落于库布齐沙漠北缘，与风景秀美的大漠奇观"七星湖"比邻。秉承秦汉雄风，在几乎寸草不生的库布齐沙漠里，会诞生一家集中、高档白酒研发、生产、物流及营销为一体的综合性公司，让人啧啧称奇。

当我端起盛满库布其酒酒杯的那一刻起，我立刻进入一种莫名的状态，透过创业历史的屏风，我似乎看到了这个公司的同仁商议着企业发展的宏图大业；还似乎看到他们正在召开会议，激烈地讨论着，辩论着。

一望无际的库布齐沙漠里，走出了这么卓越的企业。当年发出的"做大做强企业"的呼唤，这声音犹如黄钟大吕，久久回荡在广阔无垠的库布齐沙漠上空。

# 大美榆林

金秋时节，天高气爽，碧空如洗，阳光明媚。在这美好的季节，正值国庆节放假7天，我们一家三口偕同岳父岳母到"塞上明珠"——榆林游玩了几天。美丽的塞上弥漫着草木的馨香，沁人心脾；又呈现一派丰收的景象，令人陶醉。

去榆林前，我在网上查看了有关榆林的情况。榆林市位于陕西省最北部，地处陕、甘、宁、内蒙古、晋五省（区）接壤地带，古长城横贯东西700多公里。榆林又称驼城，历史悠久，秦统一六国后为上郡地，明朝设榆林卫，素有"九边重镇"之称。中华人民共和国成立后为地区建制，2000年7月撤地设市。榆林人杰地灵，历史上先后涌现出大禹治水时期建立过神木石峁文化的姒禹氏族、大夏国缔造者赫连勃勃、西夏王朝建立者李继迁、北宋名将杨继业、南宋抗金名将韩世忠、明末农民起义领袖"闯王"李自成等一批有重要影响的人物。民主革命时期，更是涌现出一大批革命先烈、知名人士。榆林还哺育了柳青、路遥等中国文坛的文学巨匠和无数科学精英、知名科学家。榆林物华天宝，能源、矿产资源富集一地，被誉为中国的"科威特"，有世界七大煤田之一的神府煤田，有我国陆上探明的最大整装气田。煤炭、天然气、石油、岩盐开发潜力巨大，是国家能源化工基地，是西气东输、西电东送、西煤东运的重要源头。

榆林市境内文物古迹众多，名胜萃集，主要参观游览景点有秦、隋、明三代古长城，被誉为"天下第一台"的镇北台和"露天书法艺术宝库"的红石峡，靖边县大夏统万城遗址，米脂县李自成行宫，绥德县扶苏祠、蒙恬墓等文物古迹，还有佳县白云山和神木市二郎山等景观。此外，神木市的红碱淖是陕西最大的湖泊，也是中国最大沙漠淡水湖，堪称"大漠奇观"。反映榆林地区治理毛乌素沙漠、绿化黄土高原沟壑的试验场所——沙地植物园，吸引了不少游客和中外科学工作者前往考察和观光旅游。著名的万里长城由东北向西南斜穿市境，其上的墩、台、寨大多保存完好。长城脚下，黄河绿洲，羊群草地，相互交织，呈现出一派大漠边关的奇异风情。榆林古城墙是国内保存较为完好的古城墙之一，城内密集地分布着星明楼、万佛楼、梅花楼和戴兴寺等众多的名胜古迹，显示出塞上古城的风貌；集风景、艺术、宗教于一体的青云寺、悬空寺、黑龙潭和万佛洞等古寺庙，大多得以修复，重现风采。

我的家乡子长紧挨着榆林，地域同属于陕北。坐着火车北上榆林，一路上看到的景色再熟悉不过了：沟壑纵横，群山披绿，和我的家乡子长没什么大的差异。可是，火车快到榆林时，感觉就有差异了：子长山大沟深，没有沙子；榆林一马平川，基本没什么山，而且有些沙子裸露在外，一派大漠风光。

由于时间关系，在榆林的几天内，我们只游览了榆林市区的几个景点。我们首先游览了凌霄塔。凌霄塔亦名文笔塔，位于老榆林城南门外的东山岗上，始建于明万历三十五年（1067）。塔底层周长 33.9 米，通高

43 米，共 13 层。通体砖砌结构，呈八角柱体形。塔身犹如笔立，雄伟壮观，高入云霄。塔层层砖雕斗拱脚檐，木橼挑檐角，并挂有风铃，迎风叮当，如同奏乐。塔顶为圆形砖拱，上覆琉璃碧瓦。塔内有砖阶和木梯，游人可拾级而上顶层俯视古城景色。凌霄塔旧为榆林八景之一的"南塔凌霄"。站在塔底，望着榆林市区鳞次栉比的高楼，令人心旷神怡。

接着，我们又游览了榆林老街。榆林有世称"北台南塔中古城，六楼骑街天下名"的古迹。其中，"北台"就是指古城北郊的"天下第一台"——镇北台；"南塔"是指南郊的凌霄塔；"六楼"指坐落于城内大街有"一串珠"之称的古楼阁，包括明代的鼓楼、凯歌楼和星明楼，清代的文昌阁（又叫四方台）、万佛楼，民国的钟楼。榆林古街店铺林立，六楼骑街，古朴的棋盘式街巷与仿京式四合院落和谐组合，被誉为"塞上小北京"。来到大街上，听着婉转优美的榆林小曲，看着千姿百态的寺院泥塑和活泼喜人的"泥娃娃"，品着色香味醇的各色小吃，感觉榆林不仅包含着黄土高原的乡情民俗，而且溢散着浓郁的地方风味，犹如沙漠绿洲中的一股清泉，让人流连忘返，惊羡不已。

然后，我们坐着出租车去 3 公里外的镇北台和红石峡，看到榆林市区的街道非常宽阔，有的甚至比西安的街道都宽，给人的感觉是两个字：大气。来到镇北台，首先映入眼帘的是几层楼高的台式建筑，在空旷的红山上显得格外孤寂肃穆，雄浑壮美。台前的路两边各有一块巨石，左边的用毛体写着"不到长城非好汉"；右边的用正楷写着"万里长城第一台"。台前正下方还有一块形似牛状的黑色巨石横在眼前，上书"镇北台"3 个字。导游介绍说，镇北台位于红山顶上，建于 1607 年，属于万里长城防御体系之一的观察所，据险临下，控南北之咽喉，如巨锁扼边关要隘，为古长城沿线现存最大的要塞之一。台呈方形，共 4 层，第一层高 10.20 米，第二层高 8 米，第三层高 4.10 米，第四层高 4.40 米。台基北长 82 米，南长 76 米，东、西长各 64 米，占地面积 5056 平方米。镇北台之各层均青砖包砌，各层台顶外侧砖砌约 2 米高的垛口，垛口上部设有瞭望口，各层垛口内四周相通。台的每层有石台阶可登，台依山据险，巍峨挺拔。镇北台也是明长城遗址中最为宏大、气势磅礴的建筑之一，是长城三大奇观（东有山海关、中有镇北台、西有嘉峪关）之一，有"天下第一台"之称。站在镇北台之顶远眺，金沙蓝天、碧澄水库、逶迤长城、绿色林带和欣欣向荣的城郊建设风貌相辉映，构成了无比绚丽的彩色画卷。登上这座古代军事要塞举目四望，我仿佛又看到了当年烽火连天，旌旗猎猎，战马嘶鸣，喊声震天，刀剑相迸的历史场景……也仿佛看到了当年刘志丹在榆林中学读书时期，为抒发立志革命改造世界的雄心壮志，在镇北台慷慨赋诗一首《登镇北台》。


红石峡急流直下，
镇北台狂风高旋。
看长城内外破碎，
重收拾有待吾辈。


红石峡离镇北台并不远，我们离开镇北台，一会儿就走到了红石峡。红石峡又名雄石峡，因山皆为红石，故得名为红石峡。红石峡最早开凿年代至少可追溯到宋代，有近千年的历史。峡谷长约 350 米，东崖高约 11.5 米，西崖高 13 米，东西对峙，峭拔雄伟。峡内榆溪河水流湍急，穿峡直达城西。两岸垂柳青翠，景色优美，石窟古刹林立，还有陕西省最大的摩崖石刻群。特别是两岸壁上的书法石刻颇为著名，旧时边将、文人来榆林留下 160 多幅宝贵的书法艺术作品，字大者约 6 米，小者寸许，篆、隶、楷、行、草齐全。其中有晚清名将左宗棠所题的对联和革命先烈杜斌丞、刘志丹等题刻的"力挽狂澜"，这些题刻笔力雄健苍劲，功力不凡。因此，红石峡有"大漠碑林"的美誉。一边听着榆溪河潺潺地流水声，一边欣赏着两岸石壁上的古今书法，真乃人生一大享受。我似乎又看到了当年革命先辈在红石峡为革命问题积极讨论着，也似乎看到了马占山等一批爱国将领在榆林抒发抗日的坚强决心。我面对着满目的青翠林木，高峡流水，恍若置身于一幅绚丽多彩的油画之中，几乎忘记了自己身在塞外。

最后，我们慕名游览了榆林中学旧址。我知道榆林中学现有新校区和旧校区，旧校区也就是老榆林中学，已经给了现在的榆林十中。榆林最早办的学校叫"榆阳书院"，距今几百年了，旧址在现在的新世纪广场西北角。我来到新世纪广场，看着古老的城墙，枝繁的古树，陈旧的书房，还有碧波荡漾的莲花池，遥想当年池边书声琅琅，真感慨榆林不愧是历史文化名城。穿过新楼街，在榆林老街离钟楼不远的一条小巷上去，不久就来到了位于东山上的老榆林中学。看着2003年为纪念榆林中学成立100周年，校友捐赠的刻有"1903—2003"字样的巨型雕塑，我不禁回想到曾经在榆林中学就读的历史风云人物，还有执教榆中的众多名师。榆林可谓历史悠久，英才辈出。看来振兴中华，唯有教育。我再往山上走，穿过几座古老的庙宇，就来到了榆林古城墙底下。顺着城墙向北走，在一缺口处，我登上了古城墙。极目四望，古人所说的"三山拱翠"尽收眼底。此时，夕阳西沉，华灯初上，历史与现实、苍凉与华丽交相辉映，给大漠平添了几份厚重壮美。

在坐火车回家的路上，我不住地回头望着榆林。啊，榆林，你地处黄土文化与草原游牧文化汇聚交融处，文化底蕴太深厚了，荟萃了众多的风姿独特、雄奇瑰丽的自然和人文景观。

有诗云：

一脉长城芳草间，九曲黄河极目远。

神湖一掬昭君泪，重阳登高白云山。

南塔凌霄瞰大观，北台雄踞镇九边。

六楼骑街名天下，红峡神刻摩云天。

人道古城风情好，不在江南在塞边。


这真是对榆林的真实写照。

# 泸州随想

早就听说了素有"鱼米之乡""天府粮仓"之称的泸州，是著名的酒城、江城，可是一直没有机会拜访。适逢一个朋友要去泸州办事情，我便随之前往。

深秋，天高气爽，瓜果飘香，景色宜人。我们来到泸州，漫步江阳北路，直达沱江一桥，伫立滨江广场上，全新江景尽收眼底：清澈的江水，缓缓地流淌着；江面船舶，百舸争流，在阳光下分外显眼。这一切，犹如泸州老窖的醇美，泛着悠悠古典韵致，诉说着泸州的故事。

泸州古称"江阳"，别称酒城、江城，位于四川省东南部，长江和沱江交汇处，是川、滇、黔、渝结合部区域的中心城市，也是四川出海的南通道和长江上游的重要港口。泸州为长江与沱江所环绕，历史悠久，文化灿烂，土地肥沃，物产富庶。其丘陵、山地具备，素为川南重镇，自然、人文旅游资源非常丰富，具有春荣夏艳、秋实冬秀的江南特色，山川秀美，风光旖旎。合江福宝原始森林、古蔺黄荆老林、叙永画稿溪、张坝桂圆林等自然景观美不胜收。佛宝山的森林景观、笔架山的自然奇观、丹山的奇丽雄伟、玉蟾山和九狮山的精致秀丽、红龙原始森林的古朴幽深，无不让人流连忘返。更有泸州老窖、郎酒、桂圆、荔枝、乌龙茶等名优特产，让人大饱口福。泸州在夏商时属梁州之域，自公元前161年西汉设江阳侯国以来，至今已有2000多年的文明史，为泸州留下了丰厚的文化遗产和众多的文物古迹。汉代画像石棺、宋代报恩塔、400年国宝窖池、明代龙脑桥和玉蟾山摩崖造像、清代钟鼓楼和春秋寺、清代尧坝古镇东岳庙及古街道民居群等古迹的人文内涵深厚，具有极高的旅游价值。美丽富饶的土地，生生不息的文化，孕育了泸州人不屈不挠、奋发拼搏的精神品格。时光荏苒，岁月如梭，勤劳智慧的泸州人在这片神奇而富饶的土地上辛勤耕耘，使泸州成为闻名遐迩的国家历史文化名城、全国双拥模范城、国家卫生城市和国家旅游城市。

泸州工业发达，商贸繁荣。泸州是一个以酿酒、化工、机械为龙头，轻重工业并举的综合性工业城市。"泸州老窖""古蔺郎酒"举世闻名，使泸州拥有"酒城"的美誉。在泸州港，来自成都青白江物流中心的集装箱通过铁路直通港口，泸州港成为全国内河唯一的铁路直通码头堆场的集装箱港口。依托港口优势，突出"港城一体"特色，泸州的临港产业物流园区，着力打造全省最大、西部一流的"港园城"互动发展示范区，是川、滇、黔、渝结合部现代商贸物流中心。以"泸州老窖"为龙头，按照白酒产业供应链节点的完整匹配，规划面积1万亩（约667公顷）、总投资150亿元的中国白酒金三角酒业集中发展区蔚然成型。30万吨有机原粮种植、40万吨基础酒酿造、80万吨基酒储存、100万吨灌装生产、150万吨白酒配套包材供应、300万吨物流配送，成为一条无缝衔接的产业链。泸州版"天府新区"江南新区，坚持走组团式发展之路，5个沿江形成的园区经济带构建起"江南新区"，除酒业集中发展区外，还有泸州轻工业园区、泸州机械工业集中发展区、泸州化工园区、合江临港工业园区等4个园区。

泸州是一个诗酒飘香的千年古城，古往今来，无数文人墨客用精美的诗词见证了泸州在历史长河中始终保持着城市的繁华与兴盛。诗歌素以酒而起兴，而酒素以诗歌而流传，泸州城素以酒而铭记于世。一个城市，被无数文人骚客用大量诗歌抒怀的，也许莫过于泸州了。

　　早在汉代，著名辞赋家司马相如就写赋赞泸州老窖："蜀南有醪（láo）兮，香溢四宇，促我幽思兮，落笔成赋。"泸州的美酒芳香四溢，沁人心脾，心中之万千思绪，由此而发。在泸州的文化历史上，除李白有歌咏泸州的《峨眉山月歌》外，杜甫、王维、杨升庵、张问陶等人也为泸州留下千古绝唱，还有宋元明清的文人墨客也为泸州留下史诗篇章。唐代宗永泰元年，杜甫从成都放船东下，经过泸州，正逢荔枝成熟时节。诗人一边乘船而下，一边欣赏沿途风光，看见江边红透的荔枝，便在泸州留下了"忆过泸戎摘荔枝，青峰隐映石逶迤。京中旧见无颜色，红颗酸甜只自知"的千古绝唱。东岩公园绝壁下，有块 10 米多高、四四方方的巨石，船工见它生得方正，像块方豆腐，便给它起名为"豆腐石"。其实，这块石本名"杜甫石"，以当年杜甫在此停舟而得名。"杜甫"与"豆腐"谐音，年代既久，才讹读成"豆腐石"。"杜甫石"的传说，也为泸州新添了一段佳话。"人闲桂花落，夜静春山空。月出惊山鸟，时鸣春涧中。"唐代大诗人王维笔下的这篇《鸟鸣涧》，是诗人为友人皇甫岳所居的云溪别墅所写的组诗《皇甫岳云溪杂题五首》之首。"云溪"即纳溪古称，丁务伯在《清溪夜月》中的"五言早叶王维咏"也做了很好的佐证。宋代大文豪苏轼的《浣溪沙·夜饮》一词中曰："佳酿飘香自蜀南，且邀明月醉花间，三杯未尽兴犹酣。"这倾注了苏轼对泸州美酒和泸州古城的几多迷恋之情。

　　对泸州美景和泸州美酒赞誉的诗中影响最大的莫过于清代诗人张问陶（号船山）的《泸州三首》，一曰："城下人家水上城，酒楼红处一江明。衔杯却爱泸州好，十指寒香给客橙。"二曰："旆檀风过一船香，处处楼台架石梁。小李将军金碧画，零星摹出古江阳。"三曰："滩平山远人潇洒，酒绿灯红水蔚蓝。只少风帆三五叠，更余何处让江南。"诗中写出了泸州充满诗意的风土人情与美丽风景，以及商贸与城市的繁华。在诗中，可以看出他对酒城泸州的恋恋不舍之情和无尽赞叹之意。

"滚滚长江东逝水，浪花淘尽英雄。是非成败转头空。青山依旧在，几度夕阳红。白发渔樵江渚上，惯看秋月春风。一壶浊酒喜相逢。古今多少事，都付笑谈中。"这首词是明代状元杨升庵创作的《临江仙》，因其被作为《三国演义》的开篇词而家喻户晓。据考证，杨升庵谪戍云南30多年，往返云南和家乡四川新都，泸州为必经之地。泸州纳溪还有杨升庵的许多亲戚，并有诗为证。杨升庵在泸州总共生活了10多年，确证为记叙泸州客居生活的诗歌就有几十首，《临江仙》极有可能就是诗人客居泸州时所作。

"酒城"之名来源于朱德之咏怀诗："护国军兴事变迁，烽烟交警振阗阗。酒城幸保身无恙，检点机韬又一年。"泸州之美酒，美名天下传，诗酒飘香的泸州令天下为之心醉。

泸州是一个有故事的地方，那些感天动地的英雄故事，至今仍然代代流传，口口相传，像长江与沱江一样滋润着人们的心灵，成为泸州精神的根与魂。宋元之际，蒙古军入蜀，泸州筑城于合江神臂崖，坚持抗战35年之久，"天生的重庆，铁打的泸州"由此而得名。红军四渡赤水遗址、泸州起义指挥部、朱德纪念馆以及朱总司令亲笔题写的"救民水火""护国岩"等革命遗址已成为爱国主义教育基地。四渡赤水，被毛泽东称为"得意之笔"的经典战役，发生在1935年1—3月。那时，被迫长征的3万多中央红军在蒋介石40万大军的围追堵截下，到达赤水河边，并在这条河上往返迂回，四渡赤水，创造了置之死地而后生的军事奇迹。从一渡赤水进入古蔺到四渡赤水离开，红军在古蔺与敌周旋了54天，先后有800多古蔺儿女参加了红军。同时，也有一些红军伤员留在了古蔺。

伫立滨江广场，我浮想联翩，回想着泸州的过去，憧憬着泸州的美好未来。沱江与长江轻轻流经泸州，留下了一串串优美的音符，一个个动人的故事。在这里，历史与现实融汇，红色与绿色相映，人与自然和谐统一。泸州的人们正在书写气壮山河的新篇章，正以开拓进取的精神实现着自己的梦想。

# 华东五市去来

秋末，陕北大地层林尽染，黄叶满地。离开陕北，我和同事们赴华东南京、无锡、苏州、杭州和上海五市总共旅游了8天。到了江南，却是另外一番景象：平原上，黄花遍地，草木青翠。旅游完毕，回到家乡，回想着去华东五市的日日夜夜，令人感慨万端。

10月21日早上9点，我们从县城四路口出发。由于堵车，晚上7点左右，我们才来到西安。第二天早上8：30，我们从咸阳机场坐飞机，约1小时30分后飞到南京禄口机场。天公作美，南京天气晴朗。一下飞机，我们就坐车来到了中山陵。中山陵是中国近代伟大的政治家、革命先行者、"国父"孙中山先生（1866—1925）的陵墓及其附属纪念建筑群。中山陵坐北朝南，面积共8万余平方米，中山陵的主要建筑有牌坊、墓道、陵门、石阶、碑亭、祭堂和墓室等，排列在一条中轴线上，体现了中国传统建筑的风格。祭堂中央供奉中山先生坐像，出自法国雕塑家保罗·朗特斯基之手，底座镌刻6幅浮雕，是孙中山先生从事革命活动的写照。祭堂东西大理石护壁上刻着中山先生手书的遗著《建国大纲》。堂后有墓门二重，两扇前门用铜制成，门框则以黑色大理石砌成。上有中山先生手书"浩气长存"横额。二重门为独扇铜制，门上镌有"孙中山先生之墓"石刻。进门为圆形墓室，直径 18 米，高 11 米。中央是长形墓穴，上面是中山先生汉白玉卧像，下面安葬着孙中山先生的遗体。墓穴深 5 米，外用钢筋混凝土密封。瞻仰中山先生汉白玉卧像时，导游介绍说，中山先生个头不高，但是他让中国的男人剪掉了辫子，女人放开了脚。听到这，我的眼眶湿润了，不禁对中山先生肃然起敬。巍巍钟山，青松翠柏汇成浩瀚林海，其间掩映着 200 多处名胜古迹。我在心中默默祝愿，中山先生，您安息吧！

下午近 4 点，我们来到了侵华日军南京大屠杀遇难同胞纪念馆，它是为铭记 1937 年 12 月 13 日日军攻占南京后制造的南京大屠杀事件而筹建的。日军攻占南京后，在南京进行了长达 6 个星期的大屠杀，中国军民被枪杀和活埋者达 30 多万人。看着一幕幕惨不忍睹、惨绝人寰的图片、实物和影像资料，我们对日军的兽行无不义愤填膺、恨之入骨。我在纪念馆的游客专用电脑上留言："齐心协力，振兴中华！"

夜幕降临，我们欣赏了秦淮河夜景，游览了夫子庙、江南贡院、瞻园、得月台、文德桥、石坝街、乌衣巷、朱雀桥等地方。流入城里的内秦淮河东西水关之间的河段，素有"十里秦淮""六朝金粉"之誉。千百年来，秦淮河哺育着古城南京，"锦绣十里春风来，千门万户临河开"，夫子庙附近的河房是绮窗丝幛，十里珠帘，灯船之盛，甲于天下，有许多名胜古迹、历史掌故、风流韵事。早在六朝时代，秦淮河及夫子庙一带已是繁华的地区，十里秦淮两岸是贵族世家聚居之地，也是文人墨客荟萃的地方。隋唐之后，一度冷落。明清又再度繁华，富贾云集，青楼林立，画舫凌波，成为江南佳丽之地。夫子庙附近的桃叶渡，据说是王献之迎接其妾桃叶的渡口。唐朝诗人刘禹锡曾作诗《乌衣巷》："朱雀桥边野草花，乌衣巷口夕阳斜。旧时王谢堂前燕，飞入寻常百姓家。"唐代诗人杜牧有诗写道："烟笼寒水月笼沙，夜泊秦淮近酒家。商女不知亡国恨，隔江犹唱后庭花。"清代戏剧家孔尚任在《桃花扇》中描绘道："梨花似雪草如烟，春在秦淮两岸边。一带妆楼临水盖，家家粉影照婵娟。"这是秦淮河畔在当时的繁华景象。朱自清和俞平伯曾共游十里秦淮并且各自都写了一篇游记散文，都以《桨声灯影里的秦淮河》为名。在他们清新优美的笔墨中，我们可以看到作者对茵陈如酒的十里秦淮的喜爱与眷恋。秦淮风味小吃是我国四大小吃之一。金陵小吃，历史悠久，品种繁多，自六朝时期流传至今，多达80多个品种。名点小吃有荤有素，甜咸俱有，形态各异，尤其是以秦淮八绝（八道点心）叫绝。欣赏着秦淮风光，品尝着秦淮小吃，不由得感慨："人生得意须尽欢！"

　　10月23日早上7点整，我们坐车离开了南京，大约早上9点来到了无锡，参观了无锡影视基地。无锡影视基地坐落于江苏省无锡市美丽的太湖之滨，始建于1987年，占地面积近100公顷，可使用太湖水面200公顷。当年中央电视台按照"以戏带建"的方针，为拍摄电视连续剧《唐明皇》《三国演义》和《水浒传》，相继建成了唐城、三国城和水浒城三大景区。无锡影视基地拥有大规模的古典建筑群体，三国城内的建筑雄浑刚劲，主要景点有吴王宫、后宫、甘露寺、汉鼎、曹营水寨、吴营水寨、周瑜点将台等；水浒城内的建筑工巧华丽，主要景点有皇宫、樊楼、清明上河街、御街、紫石街、水泊梁山等；唐城内的建筑金碧辉煌，主要景点有御花园、沉香亭、华清池、唐宫等。另外还有"老北京四合院""老上海一条街"等明清风格的建筑景观。我们观看了气势磅礴、扣人心弦的"三英战吕布"后，就乘古船游览太湖。雨淅淅沥沥地下着，一派烟雨江南的景象。我们泛舟湖心，饱览太湖的美景神韵，体味江南的水乡雅致。望着浩瀚如海、雄奇壮阔的太湖水面，我的思绪飘到了两个地方：北面的江阴华西村和南面的湖州胡瑗墓。华西村富甲天下，号称"天下第一村"，是通过走集体道路富裕起来的。距湖州市7公里的南郊道场乡青山坞胡峰基的幽谷处，长眠着北宋著名教育家、"湖学"创始人胡瑗先生。我引以为荣的老乡胡瑗（993—1059），字翼之，北宋著名的理学先驱、思想家和教育家。因世居陕西路安定堡，世称安定先生。与孙复、石介并称宋初三先生，是宋代理学酝酿时期的重要人物。胡瑗在苏州、湖州一带任教实行的教学方法史称"苏湖教法"。他的教育思想和方法，在历史上起过重要作用。胡瑗在《松滋县学记》中开宗明义地说："致天下之治者在人才，成天下之才者在教化，教化之所本者在学校。"他从"致天下之治"的政治目的出发，揭示了人才、教化、学校之间的内在联系，提出了自己的独到见解。江苏省泰州中学始于1902年，是在胡瑗讲学旧址上创立的泰州学堂，是一所历史悠久、文化底蕴深厚、具有优良办学传统的百年名校，培养出了前中共中央总书记、国家主席、中央军委主席胡锦涛和中国工程院院士李德仁等许多杰出人才。遥拜南天倍感慨，烟雾为香祭亡灵。我似乎看到这位已故近千年的老乡正站在太湖边笑吟吟地欢迎我们的到来。

中午约12：30离开了无锡，下午1：40来到了苏州木渎古镇。木渎古镇位于苏州城西南15公里处，有"吴中第一镇"之称，依山而筑，傍水而居，其独特的格局为江南诸多古镇少有，名列太湖风景区13个景点之首，更是江南唯一的中国园林古镇。明清时有私家园林30多处，现已修复严家花园、虹饮山房、灵岩山馆、古松园、榜眼府第，盘隐草堂等，其中严家花园为江南名园，为台湾政要严家淦先生故居；虹饮山房是乾隆的民间行宫，内有二十道清代圣旨，弥足珍贵。其深厚的文化蕴积，幽雅的园林环境，脍炙人口的历史传说，为现代都市人提供了一个放松身心、陶冶情操的旅游休闲的好去处。

下午3：30离开了木渎古镇，4点整就来到了苏州。16—18世纪全盛时期，苏州有园林200余处，现在保存尚好的有数十处，苏州因此素有"人间天堂"的美誉。资料显示苏州是现存至今最古老的城市，苏州在春秋时期是吴国的政治中心；西汉武帝时为江南政治、经济中心，司马迁称之为"江东一都会"（司马迁《史记·货殖列传》）；宋时，全国经济重心南移，陆游称"苏常（州）熟，天下足"（陆游《奔牛水闸记》），宋人进而美誉为"上有天堂，下有苏杭"，而苏州则"风物雄丽为东南冠"；明清时期又成为"衣被天下"的全国经济文化中心之一，曹雪芹在《红楼梦》中誉称苏州"最是红尘中一二等富贵风流之地"。

我们不顾蒙蒙细雨，游览了寒山寺、枫桥古镇和铁铃关等景点。寒山寺因唐朝大诗人张继的《枫桥夜泊》而名铄千古。1200多年前落榜的张继，回家时，他经过苏州，在枫桥下停船过夜。张继触景生情，随口吟出了一首《枫桥夜泊》："月落乌啼霜满天，江枫渔火对愁眠。姑苏城外寒山寺，夜半钟声到客船。"回家后，张继发奋努力，刻苦攻读。在下一科考试中，张继终于考中了进士。这首《枫桥夜泊》也成为脍炙人口的诗而广为流传，寒山寺和枫桥从此也远近闻名，成为令人向往的名胜。铁铃关，又称枫桥敌楼。据方志记载，嘉靖三十三年（1554），倭寇烧阊阖门枫桥一带，"焚掠殆遍""积蓄纤悉无遗"。一年后，倭寇又自浒墅关窜犯枫桥。经苏州军民英勇奋战，终于全歼寇贼。"朱楼映绿水，画舫泛碧波"，在枫桥堍游船码头，可乘坐古画舫，在古运河上饱览古桥、古关、古镇、古刹的清幽景色，领略《枫桥夜泊》的意境。

由于兴奋，我晚上怎么也睡不着。天黑乎乎的，我就起来了，借着路灯的光亮，独自打着伞步行了好长时间，走到京杭大运河边，欣赏着苏州晨景。与"江南水村""江南水乡"比，苏州就是典型的"江南水城"。早上7点多，我和同事们来到了位于永津桥东的太湖珍珠馆，其实就是让游客买东西。他们在太湖珍珠馆买东西，我想，何不出去领略一下苏州风景。于是，我打着伞，迎着蒙蒙细雨，在河畔漫步，体会着烟雨江南的意境。先来到了上津桥（位于上塘街和枫桥路之间），转身又来到永津桥。站在桥上，望着苏州古城，一切都笼罩在烟雨之中。

早上 8：30 我们乘车离开了苏州，11 点整来到杭州。午餐后，我们参观了西湖。杭州之美，美在西湖。杭州西湖位于浙江省杭州市西部，杭州市市中心，旧称武林水、钱塘湖、西子湖，宋代始称西湖。它以秀丽的湖光山色和众多的名胜古迹闻名中外，是我国著名的旅游胜地，也被誉为"人间天堂"。湖四周，绿荫环抱，山色葱茏，画桥烟柳，云树笼纱。逶迤群山之间，林泉秀美，溪涧幽深。有三秋桂子、六桥烟柳、九里云松、十里荷花，更有著名的"西湖十景"和"新西湖十景"以及"西湖新十景"等，将西湖连缀成了色彩斑斓的绸带，使其春夏秋冬各有景致，阴晴雨雪独有风韵。西湖的美在于晴天水潋滟，雨天山空蒙。无论雨雪晴阴，无论早霞晚辉，都能变幻成景；在春花，秋月，夏荷，冬雪中各具美态。湖区以苏堤、白堤两个景段的优美风光称著。杭州的西湖景区是立体和全方位的，不论从哪个角度都能领略她的风姿，素有"景在城中立，人在画里游"的美称。西湖优美传说、历史典故颇多，历代多有对西湖的吟诵，著名的有唐代白居易的《钱塘江春行》、宋代苏轼的《饮湖上初晴后雨》、林升的《题临安邸》和杨万里的《晓出净慈寺送林子方》等。由于时间关系，我们只游览了苏堤，又坐船绕湖一圈看了个大致景色。

　　下午 2：20 我们离开西湖，坐车来到了虎跑泉。虎跑泉，在浙江省杭州市西南大慈山白鹤峰下定慧禅寺（俗称虎跑寺）侧院内，距市区约 5 公里。虎跑泉的来历，还有一个饶有兴味的神话传说呢。相传，唐元和十四年（819）高僧寰中（亦名性空）来此，喜欢这里风景灵秀，便住了下来。后来，因为附近没有水源，他准备迁往别处。一夜忽然梦见神人告诉他说："南岳有一童子泉，当遣二虎将其搬到这里来。"第二天，他果然看见二虎刨地作地穴，清澈的泉水随即涌出，故名为虎跑泉。虎跑泉是从大慈山后断层陡壁砂岩、石英砂中渗出，据测定流量为 43.2 ～ 86.4 立方米 / 日。泉水晶莹甘洌，居西湖诸泉之首，和龙井泉一起并誉为"天下第三泉"。"龙井茶叶虎跑水",被誉为西湖双绝。今日虎跑,是西湖风景区集多重文化内涵于一地的山林公园。全园以虎跑泉、溪为主脉,利用旧虎跑寺建筑遗址在泉池周围设翠樾堂、罗汉亭、钟楼、济公殿、济公传说浮雕及茶室等,并建有李叔同纪念馆。沿虎跑泉左面山径拾级而上,不远处有一组梦虎石雕,性空和尚面目慈祥,闭目斜卧,边上有二虎,形象生动,粗犷有力。虎跑茶室边上是济祖塔院,是宋代济颠和尚葬骨灰之处,院后壁上有数幅壁雕石刻,都是济颠传说。茶室前沿级而下,可至弘一法师纪念馆。弘一法师(1880—1942),姓李名息,号叔同,祖籍浙江平湖,生于天津。早年留学日本,精通音乐、戏剧,对书画篆刻颇有造诣,曾在东南亚讲佛学,1918 年在虎跑寺出家,是一位学者和高僧。李叔同的《送别》:"长亭外,古道边,芳草碧连天。晚风拂柳笛声残,夕阳山外山。天之涯,地之角,知交半零落。一斛浊酒尽余欢,今宵别梦寒。"这首广为传唱的歌曲就是李叔同的代表作。看完虎跑泉,用餐后,天已黑下来了。接着我们去了宋城,观看了文艺节目。

10 月 25 日早上 6 点,雨淅淅沥沥地下着,我打着伞来到杭州郊区的和睦桥上。和睦桥位于莫干山路和登云路交叉口,呈拱形。站在桥的最高处,我出神地望着烟雨蒙蒙的杭州。7 点饭后,我们去了杭州双峰村的"问茶楼"。购买了正宗的西湖龙井茶后,早上 10 点整我们离开了杭州,前往上海。路上,我望着美丽的长江中下游平原,江河纵横、环境优美;农田里,黄澄澄的黄花菜,一片丰收的景象;居民的一排排二层或三层小洋楼不时映入眼帘。

下午 1 点多,我们来到了上海。吃饭后,我们参观了希尔曼公司,并购买了希尔曼公司生产的刀具。希尔曼公司商店里的东西琳琅满目,质量可靠,顾客非常满意,让人觉得上海不愧为我国第一大城市,不愧为中国的商业之都。之后,我们来到了南京路,先在黄浦江边看了东方明珠、金茂大厦等景,并拍照留念,然后逛了南京路,接着登了金茂大厦。金茂大厦位于上海浦东新区黄浦江畔的陆家嘴金融贸易区,楼高

420.5 米。上海金茂大厦第 88 层观光厅，是国内最有名的观光厅之一。两台每秒运行 9.1 米的直达电梯，只需 45 秒就可以将游客从地下一层送到 88 层观光厅。我们来到观光厅看夜景，只见被誉为万国建筑博览会的外滩流光溢彩，美不胜收；远处高架道路和大桥上的灯火似彩练环绕，争奇斗艳，令人犹如置身蓬莱仙境。

次日早上，我独自逛了行知公园。到了 8 点，我们乘车去了上海世博园。中国 2010 年上海世界博览会（Expo 2010），是第 41 届世界博览会。此次世博会也是由中国举办的首届世界博览会。上海世博会以"城市，让生活更美好"（Better City，Better Life）为主题，总投资达 450 亿元人民币，创造了世界博览会史上最大规模纪录。上海世博会的参展规模，共有 190 个国家、56 个国际组织参展，超过了 2000 年德国汉诺威世博会，为历届世博会之最；也是参观人数最多的世博会，超越了 1970 年的大阪世博会。这天天气不错，没雨。阳光透过云朵的间隙洒在人身上，让人有点受不了。世博园太大了，人又很多，有时候还要排很长时间的队，等我们匆匆看了几个国家的展馆，就到了集合的时间。接着我们又坐船看了黄浦江外滩夜景。当时，我在笔记本上记下了这样的话："现是晚上 7:07，我正坐在油轮上看上海夜景。啊，美丽的夜上海！高楼耸立，灯火辉煌，映照得江面波光粼粼。"

10 月 27 日早上 10 点整，我们去了位于上海老街的城隍庙，说白了它其实是一条商业街。我觉得城隍庙没意思，就独自一人跑出去参观了中共一大旧址、中共二大旧址、孙中山旧居和毛泽东旧居。我来自大西北，来一趟上海不容易，应该到这些地方看看，也是对自己灵魂的一次净化。下午 3 点多，我们来到了上海火车站候车。下午 5：50 坐火车离开上海，28 日晚上 10 点钟我们回到了延安。由于有人要吃饭，耽搁了一些时间，再加上堵车，到了 29 日凌晨近 2 点我们才回到了家。

通过这次旅游，我感觉东西部的差距真是太大了。江浙的富裕给我留下了深刻印象。

第五辑　岁月回眸

# 我的父母

我的父母是地地道道的农民。改革开放前，父亲在公社的拖拉机站开拖拉机，母亲在生产队劳动。利用闲暇时间，父亲常常倒卖粮食，有时要跑到几十公里外的乡镇倒卖粮食。我常常想，那时交通不便，道路坎坷不平，瘦小的父亲骑着自行车，带着上百斤的粮食，那该多辛苦呀！母亲则常常出山劳动，即使病了，还拖着病体劳动。父母很勤快，年纪轻轻便依靠自己的力量箍起了 2 孔窑洞，使我们居有定所，这在当时普遍贫穷的乡下是非常不容易的。

改革开放后，农村实行联产承包责任制，允许人们做生意。父亲便请了假，买了个手扶拖拉机跑运输，常常奔波在外；母亲则在家务农。母亲一个女人，起早贪黑，既要种几个人的土地，还要养猪、羊、鸡，给全家裁剪衣服和做鞋，并一针一线地用手工或缝纫机缝制完成，同时还给全家做饭，管理我们兄妹 4 个的学习，就是铁人也吃不消啊！在母亲的操劳下，家里粮食常常吃不完，母亲就把多余的粮食卖出去，以补家用。在二老共同的奋斗下，家里经济宽裕多了，我们也同城里人一样吃上大米白面了。然而，不知道是什么时候开始，一丝丝白霜浸染了父亲母亲的黑发，一道道皱纹爬满了父亲母亲的额头。

在我上高中时候，家里开了个门市，让我四姨帮忙照看。这时候，父亲"鸟枪换炮"，买了辆汽车跑运输，母亲则继续在家务农。为了不影响我们兄妹4个的学习，父母再苦再累，也不让我们兄妹帮忙，常常独自承受着繁重的劳作。在我上高三时，父亲做生意失败，欠了不少债务，连过年他都在外躲债。家庭生活一落千丈，家里连大米白面也断顿了。父亲独自一人跑到延安，在亲戚的帮助下开了个门市。生意不错，父亲让母亲也来延安照看门市。母亲割舍不下家，但最终还是去了延安。大哥高中毕业后不再补习，和父母一块儿做生意。他们做生意保质保量，童叟无欺，生意做得红红火火，不仅还清了债务，还新买了辆汽车搞运输。

1990年9月，我高考失败后，决定回家自己复习，同时照看在家上初中的弟弟，妹妹则在县城住校上高三。这样，父母做生意无后顾之忧。在经济上，父母大力支持我和妹妹弟弟的学习。生意有大哥帮忙，我们3个才能够安心学习。最后，我和妹妹考上了大学，弟弟考上了重点高中，家庭生活蒸蒸日上，一派兴旺景象。

父母省吃俭用，供我们兄妹4人上学，硬是供出了1个高中生和3个大学生。后来，我们兄妹4人都结婚生子，都有了各自的家，并都住上了高楼。父母含辛茹苦，终于完成了养育任务。每当看到饱经风霜的父母在门市上起早贪黑忙碌的身影，我的心里一片酸楚。父母啊，你们心里只有儿女，唯独没有自己。儿女结婚生子住楼，花费了你们多少血汗钱，你们却没给自己投资一套楼房。父母啊，你们为儿女操劳了大半辈子，也该歇歇了。2006年，在父母花甲之年，他们看到我们个个成家立业，生活幸福，于是决定不再让我们操心，不再做生意了，以颐养天年。

转眼，我的女儿也上了高中，让我对父母的辛苦更多了一层感受。父母没有和我住在一个城市。隔三岔五，我和妻子会乘车几十公里去看望二老，陪父母吃饭聊天。"家有一老，顶有一宝。"我想，只要父母健在，我们共同的家就在，儿女们就会多个依靠，对困难也不会十分害怕。

　　"哀哀父母，生我劬劳。""乌鸦反哺，羔羊跪乳。"孝道，是我们民族的传统美德和文化基因；感恩，是爱心滋养的人生觉悟。尽孝，是儿女们应尽的本分。从小在父母疼爱中长大的我，在生活中学会了承担，恪尽孝道。"百善孝为先。"父母呀，你们已白发苍苍，皱纹爬满了额头。现在该是儿子孝敬你们的时候了。可是，"谁言寸草心，报得三春晖。"

# 我的家风家教

我家住在子长县杨家园子镇，是一个典型的陕北乡镇。听老辈人讲，杨家园子以前四周有城墙，东、南、西3个方向留有3个城墙门洞，门洞上方分别刻有"廉垂四知""清白传家"和"忠烈报国"4个大字，可惜在农业合作化时拆毁。这和历史上由东汉杨震肇始的"廉垂四知""清白传家"和杨家将"忠烈报国"的家门遗风是一脉相承的，对后世影响深远。我们杨家园子的杨姓一门有很多人参加了红军、八路军和解放军，也许与家门遗风有关吧。

提起"廉垂四知""清白传家"还有故事呢。东汉时期，杨震在由荆州调任东莱太守时，途经山东昌邑，由他举荐的昌邑县令王密听说老师路过昌邑，便深夜来访。王密一进屋就关上房门，从怀里取出一个沉甸甸的包袱放在桌上说："学生得恩师举荐，才有今天，来敬一点儿孝敬之心。"杨震一看，包袱里是亮闪闪的黄金，立即正色说："往日我看你有真才实学才举荐你担当此任。今天你这样做，看来我了解你，你却对我一点儿也不了解。"王密以为恩师是怕事情传出去名声不好，便说："我

165

所以深夜前来，就是怕被人知道，深夜无人知，是不会传出去的。"杨震听后，生气地说："天知，地知，你知，我知。怎么能说没人知道！"王密听了很惭愧，赶紧收起黄金走了。这个"四知"故事说的就是杨震清廉为官的事迹，在后世广为流传，海内外的杨氏宗亲会一般都设有"四知堂"。"四知"不仅仅作为杨氏宗亲的家训遗传下来，而且对于我们后世也是宝贵的廉政文化。

还有一个故事说的是，杨震一生公正，两袖清风，不为自己捞取半点好处。他虽然官至太尉，但子孙常吃素菜，出门步行。有些老朋友对他说："为了子孙，你也该多少置点儿家业才是。"杨震却回答说："万贯家产只会使子孙庸碌无为，我要传就给子孙传一个清白的名声，这份家业难道不丰厚吗？"后来，"清白传家"这四个字成为历代杨氏后人的家风。许多杨氏祖宅的门楣上都刻有这四个字，已故党和国家领导人杨尚昆在重庆老家房子的匾上也刻着这四个字，海内外所有寻亲谒祖的杨氏后人最熟悉的同样是这四个字。

小时候，父母常常对我们兄妹提起"廉垂四知""清白传家"和"忠烈报国"的家风，还要我们兄妹厚道做人，踏实做事，并要我们把此作为家风家教世代相传。面对现在物欲横流的社会、金钱至上的风气、千差万别的现象，我教育女儿要"乐观豁达，笑对一切；昂首挺胸，笑傲人生；沉着冷静，稳重成熟；淡泊宁静，顺其自然"。也把此作为家风家教要女儿及后人严格遵守。

总之，家风家教正，则家庭和睦，邻里守望，英才辈出；反之，则子孙不肖，戾气横生，家道败落。

# 我魂牵梦萦的延安

延安，是多么令人魂牵梦萦的地方！

我第一次来到仰慕已久的延安，是 1989 年的元月，那是学校放寒假的时间。当时，我正上高三，正在为高考进行紧张的学习。哥哥在延中补习，为了取长补短，学好功课，我来到了延安。至今算来，已整整 28 年了！28 年中，我无数次来过延安；28 年来，延安的变化太大了！真可谓日新月异，飞速发展！

初秋时节，天高云淡，景色宜人。我沿着凤凰山城市公园游步道锻炼身体，只见气势雄伟的凤凰楼下，一些人随着音乐节奏翩翩起舞，锻炼着身体。望着山底的延安城以及山对面的宝塔山、清凉山，我思绪飞扬。

啊！延安——民族圣地和革命圣地！

啊！宝塔——中国革命的象征！

在漫漫的历史长河中，延安以其"边陲之郡""五路襟喉"的特殊战略地位，让吴起、蒙恬、范仲淹、沈括等许多中国古代名将在此大展文韬武略，上演了一幕幕金戈铁马的悲壮史剧！历史的潮汐和大自然的鬼斧神工，造就了延安丰厚的人文旅游资源。北宋时期开凿的清凉山万佛洞具有很高的艺术价值。举世闻名的枣园、杨家岭、王家坪等一大批革命旧址，吸引了无数国内外的游客。这一孔孔土窑洞、石窑洞和低矮瓦房，曾是指挥千军万马的司令部。数千年的历史文化积淀，孕育了韵味淳厚的黄土风情文化。粗犷豪放的延安腰鼓，高亢激越的陕北民歌，古朴精美的民间剪纸，热烈欢快的陕北大秧歌，无不寄托着延安人民对美好生活的希冀。

还记得20世纪90年代，亚圣大厦建成，几十米高的大厦给了延安人一个新的视线，顶楼的旋转餐厅，让大家用360度的视角重新看了一次延安。步入21世纪后，延安的经济发展是飞速的，依靠着地下的各种能源，延安人的生活水平一直呈直线上升。整齐干净、文明现代的城市是经济富裕后人们的另一个追求，但山高川窄的地形限制了城市的良性发展，这么多年，延安只是在仅有的川地上不断增加密度，一幢幢现代的高层建筑拔地而起，过于密集的大厦让延安这座城市越来越拥挤，热闹的市中心感受不到太多的繁华，身处在此，感觉更像一个高档的集贸市场。革命旧址周边环境不断被蚕食，交通拥堵、城景争地、城乡统筹所必需的城市空间发展不足等矛盾十分突出，延安显得太挤也太乱。

延安新区是一个建在山上的城市，有北区、东区和西区三大片区。新区规划在2030年全面建成，按照"分步实施、滚动开发"的思路，先行实施北区一期工程。伴随着挖掘机的轰鸣声，曾经千百年来形成的黄土高原丘陵沟壑地貌如今已经变成一大片广阔而平整的土地，一些建筑物也陆续在这片土地上盘根错节起来，一眼望过去的是充满无限生机的千亩绿林，城市的规划师们在这座希望之城上描绘着未来延安新城的蓝图。

延安人开创了"平山造地建新城"的伟大历史先河，延安新区的建设成为延安建城史上最辉煌的一页，也在世界城市的发展史上留下浓墨重彩的一笔。如今，新区北区的6条新老城连接线以及28条市政道路及配套综合管廊全部建成，3 所学校开始办学，延安大剧院、学习书院、为民服务中心建成投用，1.3 万套的保障房、安置房和商品房及配套的幼儿园、商业街陆续交付使用，综合三甲医院、公安局办公用房、鲁艺生态公园、文化公园、市民公园和山体公园等公共服务设施和基础设施配套正在加紧推进，延安大学新校区、延安大数据产业基地、双创社区等项目陆续开工，水、电、气、信等配备到位。新区北区的城市形象初露端倪，东区、西区建设积极推进，正在向着"圣地延安、生态延安、幸福延安"的目标阔步前行，让人似乎看到了山上风景如画、山下游人如织的繁华景象，似乎看到了一座魅力四射的宜居、宜商、宜游的新延安，带着延安儿女的梦想飞向美好的明天。

曾记否，延安在城市发展的道路上一直是有缺陷的，人口密集、道路拥挤、城市功能区域模糊……毫无秩序的规划、修建，不仅让延安人感受不到进步的文明，反而使很多革命旧址渐渐被高楼大厦湮没，革命圣地的鲜艳红色被蒙上厚厚一层尘土。如果说，旧的延安城凝聚、记录着新中国诞生的回忆，那么延安新区承载的就是延安的未来和延安儿女的一个"梦"。

站在凤凰山上，望着庄严雄伟的延安革命纪念馆和彩虹般的王家坪大桥，我深感革命成功确实来之不易，幸福生活需要倍加珍惜！

这时候，从远处徐徐飘来《延安颂》的歌声："啊！延安，你这庄严雄伟的古城，……你的名字将万古流芳，在历史上灿烂辉煌。"

## 西瓜情思

酷暑将至，天高云淡，烈日当空，燥热难耐。夜幕降临，妻嘱咐我出去买个西瓜解渴。

我买回西瓜，熟练地切开，便见鲜红的瓜瓤，水分十足，使人有一种甜津津的感觉。我把西瓜分成小瓣，端上餐桌。西瓜那丰沛的汁水，甘甜沁凉，让我们一家人享受到了清凉与痛快。吃西瓜时，我看着女儿那漫不经心的样子，不由得想起了童年往事。

在我小时候，人们生活普遍穷困，吃西瓜吃得很少。一天夜里，在母亲的呼唤声中，我睁开蒙眬睡眼，见一家人正围坐在一起吃西瓜。我没有吃过西瓜，捧着一牙西瓜，像吃菜瓜、香瓜似的，先用手扒去红瓤、黑籽，吃白肉。父母和大哥一阵哄笑，令我脸颊绯红。第一次吃西瓜，我虽闹出了笑柄，但那翠生生的瓜皮，墨绿的花纹，剖开后又是一番晶莹的红艳，令我终生难忘。以致在一天跟集时，我和妹妹居然捡拾别人丢弃的西瓜皮，然后拿到水井里冲洗干净，便津津有味地大嚼起来。现在想起小时候的这件事，心里都有一种酸酸的感觉。

在我上初中时候，我家也种植了十几亩西瓜。西瓜从结果到成熟需要一两个月的时间，等到西瓜即将成熟的时候，已经放暑假了。望着满地滚圆的即将成熟的西瓜，我和大哥自告奋勇看守西瓜。我们搭了个简易的瓜棚架子，前后两面都没有遮拦，这样是为了方便看守西瓜。白天我们看守西瓜一般都跑到河里游泳去了，玩累了，便跑到西瓜地里挑一个不好看，估计不好卖的西瓜吃掉。白天还好，可是到了晚上，那就不好受了。夏天晚上的蚊子特别多，加上又是野外，就算有蚊帐也睡不着，讨厌的蚊子在蚊帐外"嗡嗡"地飞来飞去，还不时钻进来。有天晚上下雷雨，外面下大雨，里面下小雨，把我和大哥淋成"落汤鸡"，被子也湿成一片。

　　西瓜快要成熟的时候，最怕下雨了，因为那样的话，西瓜采摘下来后，很容易坏，不易保存，甜味也会下降。下一阵雨后，太阳复出，这样的天气，那些成熟的西瓜有的就会裂开。记得那个时候，一碰到这样的天气，便会去西瓜地里查看有没有裂开的西瓜。有时候多的话，能有五六个，吃不完，就拿回家或者叫来小伙伴一起吃。西瓜是否熟透了，我们也有自己的办法知道。我们一般就是去敲敲西瓜，通过发出的声音来辨别。西瓜成熟的时节，我、母亲、大哥、妹妹和弟弟便迈着轻快的脚步，来到田间，帮着父亲采摘西瓜。在枝繁叶茂的瓜田，又大又圆的西瓜躺在地里，好像对着我们微笑。我们将熟透的西瓜一个一个地搬到手扶拖拉机上，虽然汗流浃背，但脸上挂满了笑容。装满后，父亲便开着手扶拖拉机把西瓜拉到城里去卖。有时候，我和哥哥也一块儿去城里卖西瓜；或者就在家乡集市上叫卖。卖了西瓜的钱，就是我们兄妹的学费。那时种植西瓜虽然有点儿累，却很快乐，期间留下了很多美好的回忆。

　　到后来，我更知道，西瓜属葫芦科，原产于非洲，含有丰富的矿物盐和多种维生素，是夏季主要的消暑果品。西瓜又叫水瓜、寒瓜、夏瓜。传说在汉代从西域引入，故称"西瓜"。西瓜味道甘甜多汁，清爽解渴，是盛夏的佳果，既能祛暑热烦渴，又有很好的利尿作用，因此有"天然的白虎汤"之称。西瓜清热解暑，对治疗肾炎、糖尿病及膀胱炎等疾病有辅助疗效。果皮可凉拌、腌渍、制蜜饯、做果酱和做饲料。种子含油量达50%，可榨油、炒食或作为糕点配料。西瓜堪称"瓜中之王"，除不含脂肪和胆固醇外，含有大量葡萄糖、苹果酸、果糖、精氨酸、番茄素及丰富的维生素C等物质，是一种富有营养、纯净甘甜、食用安全的食品。中国是世界上最大的西瓜产地。有介绍说，西瓜在神农尝百草时发现，原名叫稀瓜，意思是水多肉稀的瓜，但后来传着传着就变成了西瓜。据明代科学家徐光启的《农政全书》记载："西瓜，种出西域，故之名。"明代李时珍在《本草纲目》中记载："按胡峤于回纥得瓜种，名曰西瓜。则西瓜自五代时始入中国；今南北皆有。"这说明西瓜在中国的栽培已有悠久的历史。

西瓜浑身是宝，果皮、果肉、种子都可食用、药用。籽壳及西瓜皮制成"西瓜霜"专供药用，可治口疮、口疳、牙疳、喉蛾（急性咽喉炎）及一切喉症。籽壳还可用来治肠风血、血痢。西瓜果肉（瓤）有清热解暑、解烦渴、利小便、解酒毒等功效，用来治一切热症、暑热烦渴、小便不利、咽喉疼痛、口腔发炎、酒醉。西瓜皮用来治肾炎水肿、肝病黄疸、糖尿病。西瓜子有清肺润肺功效，和中止渴、助消化，可治吐血、久咳。

夏日里，西瓜成了我最钟情的食品。每次吃西瓜时，看着有关西瓜的古今文章，真乃人生一大享受。在品尝西瓜的美味时，我知晓了大文豪苏轼酷嗜西瓜，曾撰对联："坐南朝北吃西瓜，皮向东甩；思前想后观《左传》，书往右翻。"才华横溢的唐伯虎从容应对"炒豆捻开，抛下一双金龟甲"的下联："西瓜切破，分成两片玉玻璃。"高兴之余，我背诵着明代瞿佑写的《红瓤瓜》诗篇："采得青门绿玉房，巧将猩血沁中央。结成晴日三危露，泻出流霞九酝浆。"宋代诗人范成大在《四时田园杂兴》

中写道："昼出耕田夜绩麻，村庄儿女各当家。童孙未解供耕织，也傍桑阴学种瓜。"范成大另有诗句："碧蔓凌霜卧软沙，年来处处食西瓜。"南宋文天祥在《西瓜吟》中写道："拔出金佩刀，斫破苍玉瓶。千点红樱桃，一团黄水晶。下咽顿除烟火气，入齿便作冰雪声。长安清富说邵平，争如汉朝作公卿。"元代诗人方夔在《食西瓜》中写道："缕缕花衫沾唾碧，痕痕丹血揩肤红。香浮笑语牙生水，凉入衣襟骨有风。"在宝岛台湾，气候温暖，四季均可吃到西瓜，冬天也不例外。正如古诗描写的那样，"春盘绿玉荐西瓜，未睹先看柳长芽""三冬无雪风常暖，献岁盘登绿玉瓜""草木隆冬竞苗芽，红黄开遍四时花。何须更沐温汤水，正月神京已进瓜"。至于在"早穿皮袄午穿纱，围着火炉吃西瓜"的新疆等少数民族地区，冬天所吃到的西瓜是通过窖藏的方法保鲜的，并非冬季所长。现代诗人张志真写有《西瓜》一诗："根植贫瘠圆滚滚，酷暑练就赤红心。面对长刀对天笑，奉献甘甜济世人。"写出诗人的儒学情怀，一种理想道义的社会担当。吃着口口生津的西瓜，看着"西瓜"诗文，骄阳酷暑在我的其乐融融中悄然度过。

在炎热的夏季，暑气逼人，吃上两块汁多瓤甜的西瓜，会顿感暑消神清，无比凉爽。现在，人们生活好了，吃西瓜更是寻常小事。看着女儿如此幸福，我仿佛又看到了父母在田间劳作的身影，明白了为什么我钟情于西瓜，明白了为什么西瓜永远是那么甘甜、那么回味无穷。

# 过年

年过不惑，也许是年龄的关系，总感觉现在的年，是年味儿越过越淡，让人总回忆起儿时过年的一些往事。

小时候，我和哥哥妹妹弟弟总是期盼着过年，因为过年就意味着要穿新衣服、新鞋子，有压岁钱，那也意味着我们又长大了一岁。那时，农村的物资是非常匮乏的，一个农村家庭能吃上一顿特殊的饭菜，穿上一件新衣服，在我们孩童的心里就是了不得的事情了，就会欢天喜地的。盼过年，就是想吃点儿好的，穿件新衣服，好好玩儿一玩儿。

刚一进腊月，我们这些充满童真的孩子们，就掐着指头算，整天计算着什么时候过年，感觉时间过得太慢，经常围着父母嚷嚷着什么时候杀猪了，什么时候买年货了。那时大人们常对我们说的一句话是："娃娃娃娃你别馋，过了腊八就是年；娃娃娃娃你别哭，过了小年杀肥猪！"我们就在这样的期盼中等待着年的来临。过年，每户人家都得买年货，种类繁多，令人目不暇接，而年画和鞭炮是必不可少的。腊八到了，母亲就会给我们做一锅腊八粥，其实就是在粥里放了几样豆子，我们吃起

174

来都喜气洋洋的。

进了腊月，大部分人家都要杀猪，为过年包饺子、做菜准备肉料，民间谓之"杀年猪"。小年过了，家里开始张罗杀年猪的事儿了。杀年猪，一般在腊月二十六、二十七进行。过去，农民生活很苦，一年难得吃几次肉。平日喂猪攒粪，年底猪也肥了，加上过年，便将猪杀掉，补偿一年付出的劳动。杀年猪时，充满节前的欢乐。一户杀猪，全村人赶来围观，特别是孩子更为兴奋。由于是年猪，猪的主人大都将猪血留做食用，荣称为"接猪血"。因为是留做自家食用，接猪血也有一定讲究，首先在盆里放少许凉水、盐、白面，屠刀抽出后让血稍流一会儿再接，这样接下的猪血干净，凝固得快，开水煮后血块中呈蜂窝状，有咬劲，好吃。人们在欢乐的气氛中，看屠夫鼓气、开膛、剥皮。而屠夫也格外有卖弄精神，一边说笑一边操作，干到兴奋处，随手把猪尾巴、猪尿泡割下来，丢给围观的孩子们，让他们玩。我们这些孩子，会把猪尿泡用嘴吹成气球玩。虽说杀年猪是为自家食用，但一般人家只留半扇猪肉，另半扇则以略低于市价的价格，卖给杀不起年猪的亲戚邻舍。自己留的半扇，割下年节时所需，剩余部分暂时用猪皮裹好，猪皮里面撒少许盐，以防变质。这样处理后，存放在闲屋里，春节时需要则割下一块，不需用则待节后腌制，供平日食用。

过完腊月二十三日小年之后，便拉开了准备过年的序幕，从这一天起，就意味着进入过年的阶段了。过小年的主要活动是祀灶，也叫祭灶。祀灶原是古代五祀之一，时在夏天。相传汉代阴子方于腊日见灶神，祭以黄羊，因成巨富。因而把祀灶日改在腊月，唐宋时定在腊月二十四日。到了明代，祀灶日改成"军三民四"或"官三民四"，就是说军队和官府在二十三日祭灶，平民百姓在二十四日祭灶。灶王，又称灶君、灶土老爷，据传是玉皇大帝派到人间监察善恶的神。祭灶之前，要请一张新"灶马"，俗称"灶马爷"，实际上是一种木刻印刷的年历。"灶马"除印有灶王神像外，还印有一年的日历。祭灶以后，诸神上天，百无禁忌，长期被各种礼仪、禁忌压抑的人们，突然被解放了，便"肆无忌惮"地准备过年。杀猪宰羊、搬物动土，全不受礼仪和禁忌的束缚，完全自己说了算，大概这也是一种宣泄吧。

俗话说："祭灶祭灶，年节来到。"过完小年之后，第一件重要的事情就是扫窑。时间上，可以从腊月二十四至二十六日三天中，选一个风和日丽的暖和天。因为在一年的时间里，由于各种禁忌和习惯的约束，很少进行彻底的大扫除，所以扫窑这天，全家一齐动手，凡能搬动的东西，或者由于禁忌而没有搬动过的东西，包括桌椅板凳，箱柜衣物，全部移位，有的搬到院子里，有的移位于屋中间。全家人扫的扫，抹的抹，把屋里上上下下，里里外外，彻底清扫干净，几明窗净。桌椅板凳或锅碗盆瓢，如有积垢，要用碱水洗刷，使家具焕然一新。最后，将扫起的灰尘用簸箕盛起，倒在村头或路边的水沟里，让水冲走。扫窑的意义不仅是清洁卫生，也预示着将一年的晦气、苦恼和贫穷像灰尘那样，扫净、倒掉，以迎接新年。在记忆中，父母通常选个阳光灿烂的日子，把家具全搬出家外面。他们把家具彻彻底底清洗干净，把屋里屋外的屋顶和墙壁全部擦拭一遍，除去蜘蛛网，除去尘土，他们还把厨房整理得整洁又舒适。然后，他们把家具搬回原位，认认真真地摆好，再把年画贴好，等待着过年的到来。

一般在腊月二十七，扫完窑以后就开始磨豆腐。那时，农民备年货时十分节俭，能不花钱的尽量不花，以节省下来充作来年的生产资金。那么调剂节日生活的主要副食品，首推豆腐。做豆腐，便成为节前准备的主要内容。做豆腐费工费时，程序复杂，邻里间便相互串通、相互帮助，一边说笑一边干活，倒也增添了节前的喜庆气氛。做豆腐首先要用干磨，把豆粒碾成 2 ~ 4 瓣，俗称"拉豆渣子"。"豆渣"拉好后，加水浸泡，直到豆瓣全部泡透、放开，才能上磨去磨。豆腐磨，也称为石磨子，由石块凿打而成，上装木制短柄。黄豆从小孔中放入，转动上只磨盘，即被粉碎成浆，从下只石沟中流入下面的大铁桶里。生豆浆放入锅内煮沸，边煮边要撇去面上浮着的泡沫。煮的温度保持在90~110摄氏度，并且需要注意煮的时间。煮好的豆浆需要进行点卤以凝固。不久之后，豆浆就会凝结成豆腐花。在豆腐花凝结的约20分钟内，用勺子轻轻将其舀进已铺好包布的木托盆或其他容器里。盛满后，用包布将豆腐花包起，盖上木板，压10~20分钟，即成豆腐。

腊月里，还要做油糕。将软小米（专用黍米，和糜米相似，但有黏性）磨成面粉，取少许温水用筷子拌成半干半湿状，在锅上放笼并铺放纱布，水开后在纱布上均匀铺撒拌好的面粉，每次只可撒一筷子薄厚，待热气上来面粉变黄时再撒第二层，直至最后蒸熟。将蒸好的糕放在盆中揉成长条状，然后用刀一块一块切下，即可下油锅炸。少时，用筷子捞出，即成了热腾腾的油糕。

腊月里，除了忙年外，上坟便是每个家庭很庄重很神圣的事了。上坟是颇为讲究的，上坟的供品要认真准备，首先要精心备些鸡鱼肉蛋等，其次是水果点心、白酒之类的东西，还要准备不少的烧纸和冥币、香烛，当然少不了的还有鞭炮。我的大爹（陕北人称大伯为大爹）是主持上坟仪式的当家人，每次都是他亲自用一把小锤子和一枚银圆，在一张张用来上坟的烧纸上，仔细地用力打上圆圆的币印。我的老家是典型的陕北乡镇，人们对上坟的事看得格外神圣和重要，这也许就是风土人情，是陕北的民俗文化。从小就受这种民俗文化的影响，耳濡目染，切入骨髓。小时候就听老人们讲，过年上坟，香火旺盛，让在天堂的人保佑，才能家庭兴旺，财运亨通，生活美满，做官的更是官运腾达。庄户人还有祈求保佑来年风调雨顺，五谷丰登，家人平安的祈愿。每到上坟的日子，墓地里就会挤满了村里前来上坟的男女老少。这个时候，你会见到很多平日见不到的乡亲和长年在外工作的长辈，大家互相寒暄问候，然后各自带领着家人，排着长长的队伍，去亲人的陵地挨个完成祭奠和祈祷仪式，再一一重重地磕上几个响头。这个时候，我在浩荡拥挤的上坟人流里，看到了每个家族的延续和兴旺，看到了父老乡亲虔诚的忠孝之心。

除夕快到时，我和小朋友们都开始张罗扎灯笼。除了自己除夕晚上拿的灯笼外，还扎大灯笼以挂在家里的院子里。除夕夜，我们一群小伙伴们，手提着灯笼挨家挨户地串，哪里热闹就跑到哪里。

到了年三十，吃完早饭，我们这些孩子便忙着帮大人贴春联。如迎面墙贴"抬头见喜"，箱柜贴"招财进宝"，米囤贴"五谷丰登"，畜栏贴"六畜兴旺""骡马成群"，等等。"福"字不仅贴在门楣上，而且到处可贴，并且故意将"福"字倒贴，谓之"福到了"。至于小姑娘们则贴窗花，什么盛虫（小龙）啦，合和二仙啦，年年有余、喜上眉梢啦，尽其所能，花样不断翻新。到了晚上，还要垒火塔。火塔点着后，一家人就聚在一起吃年夜饭。它是一年中最重要的一次会餐，家家户户都摆上了丰盛的饭菜，放上了好酒。人们又吃又喝，全家人一起聚在一块，喜气洋洋的，一起庆祝过年，一起共度一年一次的好日子，一起欢颜笑语，预祝来年过得更好，日子更加丰裕。

吃完年夜饭，就开始放鞭炮。父亲拿着一串长长的鞭炮在门前放，我们则在一旁放烟花。各家各户都开始放鞭炮，那鞭炮声和烟花声汇集在一起，震荡山谷，响彻云霄，空气里弥漫着火药的味道。

大年初一早上吃饺子，这个习俗由来已久。通常是一家人一块动手，说说笑笑的，不知不觉几大锅盖饺子便齐齐整整地捏好了。饺子数母亲捏得最好，鼓鼓的还掬着漂亮的花边，我们几个孩子也常常和母亲学，可就是包不出那精致小巧的样子。在饺子里包几个硬币，谁要是吃出来，大家都会瞪着羡慕的眼睛祝贺他。

大年初一，我们是绝不睡懒觉的。外面鞭炮声一响就一骨碌爬起来，手忙脚乱地穿上新衣服，顾不得吃母亲已煮好了的饺子，就飞奔出门，顺着鞭炮响着的方向寻去，因为那里会有一群群的小孩子在捡没燃放的小鞭炮。不管男孩女孩，那真的是跑了这家跑那家，捡了东家窜西家，呵呵，跑得满头大汗，捡得不亦乐乎。

按照家乡的习俗，过年是最热闹、最隆重的日子之一，也是家长们最忙碌的时候。过年从腊月二十三小年开始，到正月十五元宵节才算真正结束，过了十五就年过月尽了，一切又恢复了平常。那时候，我就有些怅然若失的感觉。

那时候，我最盼望的事就是过年了。因为平时，只能吃一些腌菜、白菜、萝卜之类的素菜，很少开荤。而过年，鸡肉、猪肉和羊肉齐上桌，我就可以大饱口福了。

现在家里的日子好过了，我们也都成人了，从上大学到工作，在家的日子越来越少，不知道为什么却越来越不喜欢过年，反而开始怀念那个只有两块压岁钱的岁月。

# 今又重阳

岁岁重阳今又是，每逢佳节倍思亲。重阳节是我国富有诗意的节日，"重阳"本身就极富创意。《易经》把"六"定为阴数，把"九"定为阳数，农历九月初九，九九相叠，故名重阳，又称重九。"九九"谐音"久久"，还有长久之意。据说重阳节早在战国时形成，魏晋时重阳的文化气氛浓郁，到了唐朝被正式定为节日，历朝历代沿袭。重阳节是杂糅多种民俗为一体的传统节日。登高远眺、观赏菊花、遍插茱萸、吃重阳糕、饮菊花酒等是重要活动。

我的家乡是陕北黄土高原上的一个乡镇，周围山峦绵绵，一山望着一山高，因而家乡也有重阳登高的习俗。家乡有一座高山叫南山峁，山上长满了高大的杜梨树，记得儿时常常去南山峁摘杜梨吃。重阳节这天，我和小伙伴们兴致勃勃地登上南山峁，极目远眺，家乡美景尽收眼底。近处，秀延河水碧波荡漾，鱼翔浅底。河岸边槐树叶正黄，层林尽染。远处，田畴里谷浪翻滚，遍地金黄。男孩们玩捉迷藏，女孩们则采野菊花簪在头上，以之避邪。

古往今来，诗人写重阳的佳作不胜枚举。例如，"但将酩酊酬佳节，不用登临恨落晖""蜀王望蜀旧台前，九日分明见一川""忽见黄花吐，方知素节回""菊花何太苦，遭此两重阳"等。重阳节寓意深远，唐诗宋词中有不少贺重阳、咏菊花的诗词佳作，最具代表性的是王维的《九月九日忆山东兄弟》和孟浩然的《过故人庄》，而近代最具代表性的诗词是毛泽东的《采桑子·重阳》。重阳，不仅是一个秋高气爽、登高壮观天地的日子，一个把酒临风、月下赏菊、遍插茱萸怀念先人的节日，而且往往和对家乡风物的许多美好记忆联结在一起。王维的诗，语言朴素，感情真挚，引无数人共鸣，"每逢佳节倍思亲"，成了最能表达客中思乡情感的警句。"待到重阳日，还来就菊花。"诗人深深为田园生活所陶醉，分别时，向主人率真地表示将在重阳节再来赏菊花、品菊花酒。毛泽东的"岁岁重阳，今又重阳，战地黄花分外香""不似春光，胜似春光，寥廓江天万里霜"，通过重阳述怀，表达了诗人对革命根据地和革命战争的赞美之情，表达了革命的人生观、世界观，表达了诗人宽广的胸襟和高度的革命乐观主义精神。

　　或许因重阳节的历史渊源、王维和孟浩然的诗句、重阳节的特质，让重阳与乡愁结下了不解之缘。诗人们每逢重阳，就会结伴出游、登高赏秋、观菊酬唱、品糕饮酒，写下的诗中多为乡愁。

　　也许世上道不明、理不清的感情便是乡愁了吧。有时，乡愁似酒，越陈越浓，把它埋藏在心灵深处的窖里，常常惦记着那味道。有时，乡愁如茶，越斟越浓，回忆如瓣，在时光的水里翻滚沉浮，空灵缥缈之后，归于俗尘。

　　岁月更迭，光阴催人，无论是独在异乡的漂泊，还是来来往往的奔波，那些断断续续的浮想、缠缠绵绵的情绪，都载在乡愁的一叶心舟上，如絮般飘在人生的驿路。即便游子回归故里，走进日思夜想的旧地，回到梦中的童年，心中仍会涌动着惆怅，有一丝物是人非的感叹和失落。

也许，最浓的乡愁便是回到故乡仍有抹不去的不知所言的感伤。

乡愁不仅有酸有苦，也有甜。心累的时候，乡愁便会霎时如温柔的枕，让你忘掉现实的烦恼。巨大的压力、工作的苦恼、快节奏的生活，会催促你在梦里穿越时空，回到无忧无虑的故乡，那是避风的港湾，会为你永远留一寸希望。

文学的根源似乎可归结于乡愁。重阳，这诗意的乡愁，像一根无形的绳子，一步步牵着远游者的心路。如果没有这乡愁，岁月也许是单调乏味、枯燥的，又如何有"举头望明月，低头思故乡"的惆怅，"移舟泊烟渚，日暮客愁新"的忧思，"但愿人长久，千里共婵娟"的缠绵，"何当共剪西窗烛，却话巴山夜雨时"的思念，如何有那些怀旧低吟、感怀凭吊？重阳作为文化的一种根源，把我们的情感深深地维系着。我们在古典的诗词里共鸣着，那些"背井离乡"的惆怅、"近乡情却"的无奈，在这个特定的日子里被反复咀嚼着，不仅仅是桑梓情怀，还有对远古寻觅的回望。

今年的重阳节，我想起了故乡和童年。如今镇子的大槐树深深地印在岁月的相思里，仍在使用的古井还在流淌着涓涓细流，童年时的记忆勾勒出许多感人的情境，回不去的惆怅是刻在心底的依依情韵。

我把对重阳的情感，深深地浸在心底。那些我在外地度过的重阳，在残垣边凭吊，萦绕着前人的诗句和断章；在古城楼上吟唱古老的歌谣，绵绵里有或多或少的忧伤；在夕阳西下的古道上，想象着马蹄声碎的故事片段；在冷月洒辉的小桥边，倾听流水传唱的梦想。

重阳节不只有乡愁，还有更多的内涵。处在一年秋尽、行至岁末的重阳，如同经过一天运转，行至暮时的夕阳，提醒人们去关爱、去感恩、去敬重那些一生奉献、行至晚年的老人。如今，我国把农历九月初九定为老年节，传统与现代巧妙结合，成为尊老、敬老、爱老、助老的节日。"百善孝为先"，尊敬长辈、孝顺父母，是中华民族薪火相传的传统美德，让孝与和谐相伴，与爱心同行。

# 家乡的那棵白杨树

高中毕业那年春上，姨夫给了我三棵白杨树树苗。我不顾山高坡陡，担了满满一担水，把它们栽在了我家的脑畔山上一块平整的自留地里。栽好树，我想，我会时常来看你们的；若干年后，你们一定会长得高大挺拔。我不由得大声背诵了茅盾先生的著名散文《白杨礼赞》里的首句："白杨树实在不是平凡的，我赞美白杨树！"

由于学习紧张，我再没有去看这三棵白杨树。两年后，我考上了大学。临走前，我专门上山看了看这三棵白杨树。白杨树是落叶乔木，生存能力极强，大路边，田埂旁，有黄土的地方，它都能生长。没有人照顾，没有人浇水，那三棵白杨树依然长势很好。那翠绿的叶子在微风中沙沙作响，映着夕阳的余晖，叶片上闪动着金色的光芒。

大学毕业后，我在故乡参加了工作，急忙去山上看那三棵白杨树，却只剩下崖畔边的一棵了。它孤零零地生长着，但已经长得粗壮了，有胳膊那么粗。另外那两棵已被羊啃死了，只剩下光秃秃的树干，让我惆怅不已。我决定保护好它，就给树根周围围了一圈圪针。

此后，每当我在路途上看见沿着公路线的一行行白杨树，就会想起家乡的那棵白杨树。在一年四季里，它留守着，装点着，给家乡减几分贫寒和寂寞，增几分生动和美丽，因为，它的根已经和家乡连为一个整体。它并没有想到移栽和迁徙，哪怕它的残落枝叶腐化归于泥土，也要为家乡增添一点儿养分和活力。厚实的黄土地下，涌动着它不朽的生命。春风中还夹着寒意，它的枝头已经冒出翠绿的嫩芽，给春天增添了几分韵味。夏天，它枝繁叶茂，更加青翠欲滴，用自己茂密的枝叶遮挡着暴烈的阳光，就像一位站岗的战士。秋风里，虽然脱尽了叶子，单薄的枝条依然透着精气，枝干向上，高昂着头。严冬里，它迎着刀霜雪剑，傲然挺立，耀人眼目。

　　好几年没有去看家乡那棵白杨树，今年春上，我终于又去看了看它。它已经有碗口那么粗了，长得更加高大挺拔了，嫩绿的叶子随着春风翩翩起舞，似乎在欢迎着我这个浪迹天涯的游子。

　　这棵惹人喜爱的白杨树，编织着我的生活，编织着我的青年，编织着我的快乐，编织着我的梦想！它是坚强而美丽的，我永远喜欢它！

# 清风伴我行

好雨知时节。接连下了两天雨，让原本燥热的天气凉了下来。大暑那天早上，天晴了，我像往常一样又去爬山锻炼了。蓝天白云，清风扑面，草木青翠，令人心旷神怡，我不由得加快了脚步。

万物接受雨水的洗礼，所有的一切看起来都是那么的清新，犹如一切重新开始。平时低着头的朵朵花儿，瞬间像打了兴奋剂，昂着头在向匆匆路过的行人打招呼。蝴蝶飞来飞去，鸟儿欢叫着，真是"留恋戏蝶时时舞，自在娇莺恰恰啼"，虽然现在是夏天。摘一朵打碗碗花，凑在鼻子上闻闻，果然芳香四溢，沁人心脾。

路边的槐树拐枝毫无拘束地疯长着，挡住了行人的路，我常常边爬山边修剪。是啊，树有拐枝，正如人有毛病，社会有腐败毒瘤，需要不断"修剪"。只有修剪了拐枝，树木才能端端正正地成长，才能长成参天大树；只有医治了毛病，人才能健康成长，才能成为有用人才；只有铲除了腐败毒瘤，社会才能长治久安，才能又好又快地发展。

唐朝大诗人李商隐在《咏史》一诗中写道："历览前贤国与家，成由勤俭破由奢。"无数历史事实证明了这点，更有许多关于廉洁从政的名言警句值得人深思。孔子说："其身正，不令而行；其身不正，虽令不从。"汉朝的贾谊说："为人臣者，以富乐民为功，以贫苦民为罪。"唐朝初年的大臣魏征告诫唐太宗李世民说："居安思危，戒奢以俭。"唐朝的大文学家皮日休在《六箴序》中说："穷不忘操，贵不忘道。"宋朝的清官包拯在《乞不用赃吏疏》中说："廉者，民之表也；贪者，民之贼也。"宋朝的大文豪苏轼在《范增论》中说："物必先腐也，而后虫生之；人必先疑也，而后谗入之。"宋朝的另一位大文豪欧阳修在《五代史伶官传序》中说："忧劳可以兴国，逸豫可以亡身。"金朝的元好问在《元遗山集》中说："能吏寻常见，公廉第一难。"明朝的《官箴》中说："吏不畏我严而畏我廉；民不服我能而服我公；公则民不敢慢，廉则吏不敢欺。公生明，廉生威。"明朝的汪天赐在《官箴集要》中说："夫居官守职以公正为先，公则不为私所惑，正则不为邪所媚。"明朝的况钟在《拒礼诗》中说："两袖清风朝天去，不带江南一寸棉。"清朝的康熙皇帝说："为上能自爱，群属必畏钳。"清朝的"天下清官第一"张伯行说："宽一分，民受益不止一分；取一文，我为人不值一文。"伟大的革命先行者孙中山说："天下为公。"

古往今来，关于廉洁奉公的感人故事不胜枚举。唐朝宰相卢怀慎在武则天时任监察御史，后历任侍御史、御史大夫，玄宗开元元年（713）为宰相。卢怀慎与另一位宰相姚崇共事，凡事避让，在任期间的政绩只在于荐贤举能，任宰相3年后病故。卢怀慎为官廉洁，家无储蓄，门无遮帘，饮食无肉，妻儿饥寒，生活得很贫穷。因此死后，唐玄宗也为之落泪。宋朝的包拯身居高位却"拒礼为开廉洁风"。包拯60大寿时，他命儿子包贵及王朝、马汉等站在衙门口拒礼。可谁知，第一个送寿礼的就是当朝皇帝，派来送礼的是六宫司礼太监。老太监到了门外，执意要面见包拯，要他接旨受礼。这下可难住了包贵，万岁送来的礼不收，这不是抗旨不遵吗？可父亲命他拒礼，他又不敢违，无奈只好请老太监将送礼的缘由写在一张红纸上转呈父亲。老太监提笔在红纸上写了一首诗："德高望重一品卿，日夜操劳似魏征。今日皇上把礼送，拒礼门外理不通。"包贵让王朝把诗拿到内衙呈父亲展示。不一会儿，王朝带回原红纸交付老太监，只见原诗下边添了四句："铁面无私丹心忠，做官最怕叨念功。操劳为官分内事，拒礼为开廉洁风。"六宫司礼太监看罢，半晌无语，只好带着礼物和那张红纸回宫交差去了。明朝时候，被称为"青琐名臣"的子长人薛文周（1589—1643），在山东潍县任知县的 5 年间，勤政廉洁，体察民情，政绩突出，升任朝廷吏科给事中。当时朝廷政治腐败，他不阿谀奉承，冒死上谏，弹劾魏忠贤，声名震动朝野。皇帝念其廉洁，赐御宴、诏百官称之为"天下廉吏第一"。清朝大臣林则徐，1820年被任命为江南监察御史，巡视江南各地。他到澎湖群岛寓所刚歇下，有个自称"花农"的人献上一盆玫瑰花，还说要请林大人换个大盆栽花。林则徐心知有异，一脚踢翻花盆，盆里现出一个红包。包里是一只足有半斤重的金老鼠和一纸信笺，笺上写着："林大人亲收，张保敬献。"林则徐当场将张保行贿的金老鼠没收，上缴国库。1839 年，林则徐赴广州查禁鸦片。5 月间，英国商务代表义律送给林则徐一套鸦片烟具：白金烟管，秋鱼骨烟嘴，钻石烟斗，旁边是一盏巧雅孔明灯和一把金簪，光彩夺目，起码值 10 万英镑。林则徐道："义律先生，本部堂奉皇上旨意，到广州肃清烟毒。这套烟具属于违禁品，本当没收，但两国交往，友谊为重，请阁下将烟具带回贵国，存入皇家博物馆当展品吧！"义律被讽刺得无地自容，只好将礼品收回。革命先行者孙中山怀着"天下为公"的情怀，虽然身为大总统、大元帅，掌握政权多年，却没有以公谋私、以权谋私，甚至没有给为革命作出巨大贡献的哥哥谋取一官半职。他在国外募捐，经他手的钱财成千上万元，但他生活却十分俭朴，住的是最下等的旅馆。我们敬爱的周总理每天日理万机，饮食却很清淡，每餐一荤一素，吃剩的饭菜，要留到下餐再吃，从不浪费一粒米、一片菜叶。

太阳当空照，清风伴我行。就这样走着想着，并修剪着路边的槐树拐枝，不知不觉就来到了山巅。举目远眺，只见一望无际的广阔高原上，草木竞秀，层峦叠翠，仿佛绿海翻碧波，万山添锦绣。我不由得大吼几声信天游，一吐心中块垒。

这时，一阵清风扑面而来，我陶醉了。

# 春殇

80年前的一个春日，山河呜咽，草木含悲，一位伟大的革命战士在家乡与世长辞。80年后的一个春日，一群家乡的文艺界代表怀着沉痛的心情，瞻仰了烈士纪念馆后，沿着先烈谢子长的足迹，再次回到那片生他养他的红色沃土，领略其波澜壮阔的革命生涯，缅怀他的丰功伟绩。

## 肃穆子长陵

陕北的春，来得迟缓、散漫。临近清明，山野还一片枯黄，不见春的气息，甚至还有料峭之感。然而，庄严肃穆的子长陵早已人山人海，各种悼念活动陆续展开。

我们向烈士纪念塔敬献花篮后，参观了子长烈士纪念馆，拜谒了子长陵。作为土生土长的子长人，我们拜谒子长陵无数次。而每一次拜谒，都让心灵有所升华。那一张张发黄的旧照片、一件件旧桌椅、一把把旧大刀、一支支旧手枪，无言地诉说着当年闹革命的艰辛；而巍巍烈士纪念塔和一座座国家领导人题词的石碑，默默地诉说着先烈的丰功伟绩和人民对先烈的追思。

拜谒完子长陵，回望着一群群的瞻仰者，一群群其革命精神继承者，我想，先烈谢子长的在天之灵该会欣慰的。

## 谢子长的故居和旧居

昨日刚刚下了一场春雨，今天，天还是阴沉沉的。迎着冷冷的风，我们参观了先烈谢子长的故居。

清清的秀延河，缓缓地向东流着，到安定镇（子长县旧县城）西北10公里的地方转了一个弯，又向南流去。在这里，由于常年河水冲击，形成一个坪。坪上长满了枣树，人们便叫这个地方为枣树坪。1897年1月19日，农历腊月二十七日，谢子长就出生在这里。

谢子长故居是典型的陕北窑洞院落，共有4个院落16孔窑洞，沧桑古朴，有一种原生态的美感。上院又叫后院，有3孔窑洞，右边窑（仓窑）是谢子长出生的地方。中院又叫店院，有4孔窑洞，右边窑是谢子长念私塾的地方。下院又叫前院，也有4孔窑洞，左边两孔窑洞（前后窑）是谢子长少年时住过的地方，第三个窑洞（新窑）是谢子长家史陈列室，第四个窑洞（书房窑）是谢子长创办的枣树坪小学。第四院（羊圈边）有5孔窑洞，3孔用来住人，2孔用来圈羊。看着一件件遗物，大家仿佛又回到了谢子长生活的那个年代，看到他下地干活、勤奋学习、拜师习武的场景，看到他工作、生活和战斗的点点滴滴。谢子长故居的墙壁上镌刻着一副对联："一生为人民创造红地，百姓到如今叫你青天"，深刻表达了人们对他的爱戴和想念。

参观完谢子长的故居，接着我们来到阳道峁村，如果不是石碑上"中国工农红军陕北游击队总指挥部旧址"几个如雷贯耳的大字的提醒，谁会想到这普普通通的小山村，居然会在中国革命史上有着浓墨重彩的一笔。

谢子长负伤后，曾经在周家硷村养过伤。在这个村庄，还召开过著名的周家硷联席会议。早就听说周家硷联席会议确定了中共陕北特委和陕甘边特委的领导，成立了中共西北工作委员会和西北军事委员会。可是，周家硷联席会议旧址是什么样子，我们一无所知。

当我们来到旧址，那简陋的土窑洞、土炕和门窗，还是令我们大吃一惊，心灵也受到巨大的震颤。是的，就在这里，就在这简朴得不能再简朴的窑洞里，老一辈革命家作出了重大决定，成立中国工农红军西北革命军事委员会，统一领导红二十六、二十七军及陕甘、陕北两块根据地的其他武装力量。同时，成立中国共产党西北工作委员会。西北工委成立后，陕北特委撤销，原陕北特委领导的各县县委改由西北工委直接领导；陕甘边特委保留，原陕甘边特委所属的各县县委仍由其领导。

## 哀哀灯盏湾

冷冷的风划过秃秃的树干，呜呜地响。不知道是风在哭，还是树在哭。山野一片枯黄，一只鸟孤单地从空中飞过。它的鸣叫，使灯盏湾这个小小的山村更加显得空旷。任由冷风拂过脸颊，滑落嘴角，穿过发梢。山村飘荡着黄土和枯草的气息，思念蜂拥而至，思绪飘到了那个英雄逝去的日子。

听到谢子长病危的消息，老乡们纷纷赶到灯盏湾看望。从早到晚，四处来的乡亲们站满了院子，挤满了村子，要求最后见一面谢子长。警卫人员给他们做工作，让他们回去。但是，男女老少冒着寒风，默默地站着，谁也不走。有的暗暗流泪，有的则放声痛哭。有个老婆婆提着鸡汤，小脚一跌一颠，赶了 5 公里多的山路，提来的鸡汤都冻成了冰块。她一见谢子长已不省人事，就放声大哭着说："我们不能没有你啊……"。

有些信神的老乡，跑到白云山求神，许愿说："只要保佑他病好了，我们给爷爷重塑金身！"

　　1935年2月21日，农历正月十八日，谢子长与世长辞，年仅39岁。临终前，他难过地说："就这样死了，我对不起老百姓，我给他们做的事太少了！"说罢，几颗晶莹的泪珠从眼眶里涌出来，他慢慢地闭上了双眼。闪耀在祖国西北上空的一颗红星殒落了！

## 香山红叶

　　秋末冬初，如果去北京，香山红叶是必看的。

　　我第一次听说香山红叶，那还是 30 年前上初中的时候。那时候，我们语文课本里有杨朔先生的散文《香山红叶》，使我知道了香山红叶是北京最浓最浓的秋色。可惜，路途遥远，交通不便，不能亲眼看见，只能遥想。我参加工作后，延安到北京的交通大大改善，坐飞机和火车都可直达北京。我也先后 3 次去了北京，但都去的不是时候，没有看香山红叶。这次，我携妻女去北京旅游，正好是秋末冬初，无论如何是不可错过看香山红叶的。

　　我们从北京动物园坐公交出发，大约 1 个小时后，就来到了香山。香山海拔 575 米，最高峰顶有一块巨大的乳峰石，形状像香炉，晨昏之际，云雾缭绕，远远望去，犹如炉中香烟袅袅上升，故名香炉山，简称"香山"。它坐落在北京的西郊，地势险峻，峰峦叠翠，林木幽深，是一座具有山林特色的皇家园林，是以前帝王的行宫，著名的避暑山庄，是离北京城中心最近的一座山。

香山，我来迟了，我在心里默默地想。进入公园内，我就直奔双清别墅。因我是延安人，对曾经在延安居住过的毛泽东有很深的感情，要知道，他在延安居住了13年的时间。毛泽东转战陕北离开延安后，于1949年3月25日来到北京，首先就是居住在香山的双清别墅，直到11月份才迁居中南海。在双清别墅，他指挥了著名的渡江战役，筹建了中华人民共和国，翻开了中国历史崭新的一页。双清别墅内有二道清泉，常年流水不息，一股流向知乐濠，一股流向静翠湖，此即"双清"二字之来由。著名的七律《七律·人民解放军占领南京》即吟成于此处的八角亭内，《论人民民主专政》这篇光辉的著作也是在此完成的。阳光融融，湖水清澈，红色的金鱼自由自在地游来游去。在巨幅的毛泽东相片前留个影，不枉此行。

香山的静宜园，这名字真是美得恰如其分，静而舒宜，雅静之园，与世俗相隔。美丽又僻静的静宜之园，真是世外桃源啊！香山的静翠湖，垂柳青松，郁郁葱葱，拥一汪碧水。亭台雕栏，曲径回廊，是散步和吟诵诗词的好去处。

香山的碧云寺也很有名，创建于元代至顺二年（1331），距今已有600多年的历史了。这是一座幽静的寺院，是香山最精美的一座古刹，也是一座典型的皇家寺院，更是一座布局紧凑、保存完好的园林式寺庙。然而，碧云寺在人们的心目中，已不是一般的寺院了，游览这里，更重要的是缅怀孙中山。1924年10月，冯玉祥发动北京政变，电邀孙中山北上共谋国是。为了国家和平统一，孙中山发表了《北上宣言》。11月13日，孙中山抱病北上，由于长途劳累到达北京时，病情急剧恶化。在生命垂危之际，他还念念不忘中国革命，留下的最后遗言是"和平……奋斗……救中国"。1925年3月12日，孙中山逝世后，曾在香山碧云寺内停灵长达4年之久。移灵南京紫金山后，在这里设有他的纪念堂和衣冠冢，供人瞻仰。孙中山纪念堂内正中安放着中国国民党中央委员会暨全国各地中山学校敬献的中山先生汉白玉全身塑像，左右墙壁上镶嵌着用汉白玉雕刻的孙中山先生所写的《致苏联遗书》，正厅西北隅陈列着 1925 年 3 月 30 日苏联人民送来的玻璃盖钢棺，堂内还陈列着这位伟人的遗墨、遗著。现在，国人都为实现理想而奋斗着，不久的将来，定会实现中华民族伟大复兴的中国梦，先生在天之灵应该欣慰了。

香炉峰是香山的最高处，因其地势陡峭，登攀困难而俗称"鬼见愁"。香炉峰有 3 个极具特色的亭子："重阳阁"，意在九九重阳登之可望京城；"踏云亭"，因秋雨后的缕缕云丝穿行亭内外，犹如踏云一般而得名；"紫烟亭"，因晨夕之际的薄雾淡淡如紫色云霭，时隐时现，颇有"日照香炉生紫烟"的味道而得名。

登上香炉峰，远眺一望无际的华北平原和繁华的北京城，顿时令人心旷神怡。偌大的北京城，各式建筑星罗棋布，顷刻间如同一座山庄呈现在你的面前，而昆明湖宛如一盆清水。香山离京城很近，又可登高望远，难怪历代都有营建。清朝乾隆帝在旧行宫的基础上进行了大规模扩建，他钦题并赋诗 28 处，成为名噪京城的二十八景，乾隆帝赐名"静宜园"。1860 年，英法联军将包括静宜园在内的"三山五园"内的大量珍物劫掠一空，建筑几乎全部焚毁。1900 年，八国联军再度劫掠，一代名园瓦砾遍山，几近荒废。近代两位伟人都与香山有缘，曾在此驻足。1956 年，香山作为人民公园正式对公众开放。有了这些厚重的历史，也就不难理解为什么香山享誉海内外。

香山，以其红叶著称于世。秋末冬初，游人如织，漫山遍野，都是慕名而来看红叶的。香山的红叶包括黄栌、元宝枫、三角枫、五角枫、鸡爪槭、火炬等 30 多个品种。其中以种植最悠久的黄栌最能代表北京香山红叶，有"看万山红遍，层林尽染"的味道。这些黄栌是清代乾隆年间栽植的，经过 200 多年来的发展，逐渐形成拥有近 10 万株的黄栌树林区。香山可谓是国内赏枫的鼻祖，其红叶驰名中外，是我国四大赏枫胜地之一。从 1989 年至今，香山公园年年举办以观红叶为主题的红叶文化节。

可是，我这次来，香山红叶没有想象中的那样红，多少让人有点儿失望，那为什么还游人如织呢？我想，香山红叶久负盛名，又有两位伟人在此驻足，国人登山赏景，缅怀先辈，因而更加珍惜现在的幸福生活。同时为了健康，通过爬山锻炼身体，也是珍惜现在幸福生活的一种表现。我深以为然。

有机会，我还会去香山看红叶的。

# 后记

## ——感恩文学

我是因为喜爱文学而走上这条寻梦的旅途的。多年来，无论遇到多少艰难坎坷，我一直向着梦中的神圣的文学殿堂坚韧地行走，我越走越沉醉其中。

曾经有那么几年，我的人生遭遇了一些不堪回首的岁月，接二连三的挫败压得我喘不过气来。到了最难、最低谷的时候，我就是不等、不靠、不要，更不放弃，仍在追梦！

身边有不少人告诉我："放弃写作吧！你是何苦呢？"追梦的旅途弥漫起大雾，让我辨不清方向。追逐的疲惫，路途的挫折，让我有些狼狈。

痛定思痛。心情不好时，抬头看远方。"望天上云卷云舒，去留无意；看庭前花开花落，荣辱不惊。"看辽阔无垠的天空，看延绵不绝的苍山，看奔腾不息的河流，看鸟语花香、草长莺飞的美好。再看看文学朋友的书籍，想想文学朋友的大力帮扶和支持。这一切，又让我心情明朗起来，内心得到宁静，前方的路也逐渐清晰。"最使人疲劳的往往不是道路的遥远，而是你心中的郁闷；最使人颓废的往往不是前途的坎坷，而是你自信的丧失；最使人绝望的往往不是挫折的打击，而是你心灵的死亡。"我深有体会。

文学在当今，的确少了些昔日的光环，这并不重要。重要的是，文学对我有教化之功，并且具有持久的强大的救赎之力。是文学，让我忘记自己的病痛、苦难和烦恼，让我对世事怀有一份深沉的悲悯之情，让我仔细地打量我的人世间。这让我多长了一双眼睛，我常常从人们熟视无睹的平凡粗犷的生活中，发现让我感叹惊奇的东西，发现大自然的美丽。我似乎一次次寻找或抚摸到人类生生不息存活延展的依托和理由，那就是人性本身的良善、纯美、温暖，以及大自然的神奇美丽，这样的发现，砥砺养育着我的心魂，使其坚忍、明媚。文学给予我用文字叙说世道人心的方式，她是我与这个世界交流的通途，她让我对人心怀有一份切近的释解之意，她让我对生活总保有一份探询解密的激情，虔敬地向着远方行走。我一进入创作，便觉得天高地阔，气象万千。

文学还可以修身养性，完善人格。一个人要健康成长、成才，离不开文化素质、思想道德修养和身体心理素质的有机结合。培养自身的高尚情操，提高自身修养是实现人生价值的前提。心理健康是人才成长的基石。思想道德修养，在很大程度上决定了一个人待人处事的态度和人生的境界。古人在这方面已经做了很多探讨："止谤莫如修身。"止谤是针对别人，修身是针对自己。评定一个人，最能说明问题的还是自己的内在修养展现给别人的印象。"富贵不淫，贫贱不移，威武不屈"是做人应有的风骨。当代人应该谨记"勿以恶小而为之，勿以善小而不为。惟贤惟德，能服于人"的古训，明辨妍媸，自觉加强思想道德修养；修身养性，不断提高自己的精神境界，完善道德人格。恰恰文学有这样的作用。

故此，我感恩文学。

文学是人学。文学的使命，是研究人、写人，是反映生活，是写人的事情以及人周围的环境和景物。反映生活是文学存在的理由，源自生活是文学产生的来由。经典作品创作在生活的深入挖掘、艺术的充分准备、创作的不遗余力等方面表现出惊人相似，从中寻索规律，总结经验，将为打造新的文学经典、构筑文学高峰，提供有益借鉴和有力动能。写作基于生活的必要，生活对于创作的馈赠，最典型的事例莫过于柳青扎根皇甫村创作出《创业史》。在皇甫村的 14 年，柳青实现了从立场到情感的全面转变。《创业史》是在写他人还是在写自己，是在写农民生计还是在写自我命运，已经水乳交融得难解难分了——"作家深入生活的效果是用'生活深入作家'的程度来反映的"，这是柳青发人深省的经验之谈。文学创作一定有追求和目标，但追求有远近之分，目标有大小之别。与现在一些作家常常在写作中希求高产量乃至贪图高曝光度不同，优秀作家更在意作品质量与品位，更看重凭借精益求精的力作以少胜多，以一当十。写得少又写得好，主要在于目标高远，需要下一番苦功夫，投入巨大精力和体力才能实现。那些写出经典作品的优秀作家，在这一点上惊人相似。路遥自知写作《平凡的世界》"是要在自己生活的平地上堆起理想的大山"。陈忠实则说，写作《白鹿原》是想"为自己写一本垫棺作枕的书"。瞄着这个目标，陈忠实一方面翻阅县志，查阅村史，研读族谱，做着历史资料的充分准备，另一方面大量阅读中外文学名著和理论著述，从中汲取有益文学营养，经过两年多积累与蓄势，用两年时间完成了《白鹿原》的写作，又用两年时间细加打磨，终于如愿完成他的"作枕之作"。这些都告诉人们，高远目标的设定同时也意味着生活的深入开掘、艺术的充分准备、创作的不遗余力等高强度、大投入的付出，这是创造经典作品所必需的。

文学无国界。世界文学史上的经典名著，是人类共同的精神财富。我读了好多中外文学名著，如《西游记》《三国演义》《水浒传》《红楼梦》《人生》《平凡的世界》《白鹿原》《秦腔》《第二次握手》《这里的黎明静悄悄》《钢铁是怎样炼成的》《母亲》《复活》《安娜·卡列尼娜》《茶花女》《简·爱》《死魂灵》《高老头》《罪与罚》和《红与黑》等，对人、人性和社会的认知有一定了解。多年来，我写了好多文章，但深知我在对人的认知上，是多么的空泛和粗陋，我不禁为自己的蒙昧肤浅发出由衷的慨叹！

我的文字虽然肤浅，但我勤奋地书写着。我虽然没有像鲁迅先生"把别人喝咖啡的时间用在工作（写作）上"那样勤奋，但平时不打麻将，不喝酒，而是一有空就赶紧记录下我生活的点点滴滴，记录下真实的心情，人生的感悟。就这样，经过多年的积累，我在各种刊物上发表散文、通讯、诗词、小说有几百篇，作品被人民网、凤凰网、中国文明网、求是理论网、西部网等多家网站转载，还把作品装订成书出版了几本。有的文章在地方及国家级刊物发表并获奖，比如散文《陕北的小米》发表在《人民日报》（2013年10月18日24版大地副刊）上，并在2014年第一届中外诗歌散文邀请赛中荣获一等奖，在2018年首届"中国丝路文化大奖赛"活动中被评为散文三等奖；散文《陕北的山》《天下黄河一壶收》《安定锣鼓》《秋意绥德》《黄帝陵随想》等发表在国家级散文刊物《中国散文家》上，其中散文《天下黄河一壶收》在全国"首届美丽中国征文大赛"中获奖，《陕北的山》在2015年第二届中外诗歌散文邀请赛中荣获一等奖；小说《李刚正传》获"新农杯"有奖征文大赛三等奖，小说《中流砥柱》获"双拥杯"有奖征文大赛一等奖；散文《清风伴我行》在"清风伴我行"征文大赛中获奖，散文《古堡月色》刊登在文学刊物《瓦窑堡》上并被子长县文联评为2015年度优秀作品。当然，还有一些奖项，我就不一一赘述。"一分耕耘，一分收获"，只有在春天付出汗水，才能在秋天喜悦收获累累硕果。我耕耘了，播种了，所以我收获

200

了这本散文集。可是，书名叫什么，一直困扰着我。

一天晚上，一轮圆月从瓦窑堡的山上冉冉升起，那银色的月光映着羽毛般的轻云，美妙极了。是啊，古老的瓦窑堡的月色是美好的；出书也是美好的，把自己以前发表的散文收集起来，让昨日重现，令我回味无穷。我居住在古老的瓦窑堡，我的文章全部是在瓦窑堡写的，恰好我也写过一篇自己比较满意的散文《古堡月色》，于是这本散文集取名为《古堡月色》，一是为了纪念瓦窑堡，纪念瓦窑堡美好的月色，那皎皎月光，给了我无穷无尽的灵感，让我思如泉涌；二是寓意美好。

我所写的作品，都是从我经历中来的，我对生活总怀有深沉的敬畏和感恩之情。我把我的感受和体验，以我的观察视角，以我的倾诉方式反映出来。体味的独到，情感的真诚，自认为赋予了文字独到的内质和力量。

这本散文集里收录了《春天的遐思》里的一句话："河水汤汤，带走我的愁绪；杨柳吐绿，迎来春的希望。一阵春风吹来，我的思绪随风而去，我似乎看到了繁花似锦的前景。"这是我真实心情的写照。在《古堡月色》里，我写道："冬天，对于长住在瓦窑堡并略知其历史的人，比如我，总有一种难以释怀的情感。"道出了瓦窑堡人民的心声，也道出了老区人民的心声，抒发了老区人民对那段发生在瓦窑堡的红色岁月念念不忘的真挚感情。《走进柳树沟》里有一句话，"正是这些赤胆忠心的革命家，满怀着救国救民的激情，创造了革命精神的丰碑，这是引领今日实现中国梦的不灭的灯塔！"道出了在实现中国梦的伟大征程中，老区人民对革命精神的礼赞。总之，我怀着一颗悲天悯人的情怀，夜以继日，勤奋写作，抒发自己对人生和生活的感悟之情，满怀热情地歌咏祖国的大好河山，在实现中国梦的伟大征程中勇敢地挑起自己的担当。

如今，我把在《人民日报》《光明日报》《文化艺术报》《延河》《黄河文学》《山西文学》和《延安文学》等刊物上发表的散文装订成册，付梓出版。这本散文集，几乎收集了我发表的全部散文，是我心路历程的真实写照。我感恩这部散文集，更感恩文学，感恩文学让我有小小的成就感。如果这部书中的文字，能够给予你这样或那样的感悟，因而给予你热爱生命和大自然的力量，让你走进广阔的大自然，让你的人生明媚灿烂，那就是我最大的快慰，也许这是过高的期许，但这一直是我努力的方向！也将永远是我攀缘的高度！

秦汉

2019年5月27日于武家堡